Franz Winter

Die Schwierigen

Roman

Franz Winter

DIE SCHWIERIGEN

Roman

braumüller

Bibliografische Information der Deutschen Nationalbibliothek
Die Deutsche Nationalbibliothek verzeichnet diese Publikation in der Deutschen Nationalbibliografie; detaillierte bibliografische Daten sind im Internet über http://dnb.d-nb.de abrufbar.

1. Auflage 2017

Servitengasse 5, A-1090 Wien
www.braumueller.at

Coverbild: ÖNB/Pichler
Umschlag: Klackl&Winter
Vorsatz: Die letzte österreichische Kaiserin, Zita,
mit ihren Hofdamen, Archiv des Autors
Nachsatz: Landespolizeidirektion Wien-Archiv

Druck: FINIDR, s.r.o., Lípová 1965, 737 01 Český Těšín
ISBN 978-3-99200-187-3

Moni gewidmet

1889

PROLOG

Johann Graf Bühl hatte seinen Jagdfreund Josef Graf Hoyos auf dessen Wunsch in Baden aussteigen lassen, wo dieser einen Schnellzug anhalten ließ, um schneller mit der furchtbaren Nachricht, die er die mehr als unangenehme Aufgabe hatte, dem Kaiser zu überbringen, in Wien zu sein.

Es war kalt an diesem letzten Januartag und die Pferde taten sich schwer mit den teils vereisten Schneestraßen, zumal sie von Mayerling bis Baden fast durchgehend im Galopp gehalten wurden, also hatte Johann Bühl seinen Kutscher angewiesen, sie jetzt im Schritt gehen oder locker traben zu lassen.

Warum hatten sie nichts gehört? So betrunken konnten sie doch nicht gewesen sein, dass ihnen, als passionierten Jägern, zwei Schüsse entgangen sein konnten, auch wenn sie im Gästehaus übernachteten, keine fünfzig Meter vom Schloss! Und warum hatte Bratfisch, der doch sein Zimmer im Schloss hatte und der noch beim Abendessen in seiner unvergleichlichen Weise die „Dorfschwalben aus Österreich“ zur Zither gepfiffen hatte, warum also hatte sein Fiaker, sein Leib-Fiaker, nichts gehört? Und warum hatte sich der

Kammerdiener Loschek an den Befehl gehalten, erst um 7 Uhr 30 zu wecken?

Der Anblick, der sich ihnen darbot, nachdem die Flügeltüre aufgebrochen war, war grauenvoll: auf dem blutüberströmten Bett ein Mädchen mit zerfetzter Brust, und neben ihm, mit zerfetztem Schädel, der Kronprinz, die Waffe seiner Hand entglitten und neben ihm auf den Boden gefallen.

Prinz Philip von Coburg, der am Morgen von einem nicht vernachlässigbaren Familiendiner aus Wien zur Stelle war, um die verabredete Jagd wiederaufzunehmen, war es, der sofort anordnete, dass das Mädchen augenblicklich aus der Nähe des Kronprinzen geschafft und in ein Zimmer außerhalb der Wohnung Rudolfs, am besten im Parterre, gebracht zu werden hatte. Also hüllten wir sie in das blutige Laken, hoben sie auf die Bettdecke und trugen sie hinunter in den Raum, den uns Loschek anwies. Es war ein Waschraum, wo wir sie auf den Bügeltisch legten.

AUGUST

„Bitte vielmals die Störung zu entschuldigen, junger Herr, aber dero hochwohlgeborene Schwester haben mich heraufgeschickt, um Eure junge Erlaucht auf die Terrasse zu bitten, wo demnächst die ‚Dorfschwalben aus Österreich' gegeben werden und Komtesse Crescence selber das Vogelpfeiferl dazu spielen will."

„Danke, Lukas, ich komm gleich. Grad sind sie ja noch im ‚Krapfenwaldl'."

Hans Karl merkte seine Homer'sche Odyssee mit einem gepressten, fast ins Orange changierenden Rosenblatt ein, schloss den in dunklem Blau gestanzten Einband und drehte sich nach dem Kammerdiener um, der da in der geöffneten Türe freundlich lächelnd verhielt.

„Ich möcht halt noch das eine oder andere einpacken, bevor ich morgen fahrn muss. Wann soll's denn losgehn?"

„Um fünf bringt uns der Kutscher mit dem Landauer auf die Bahn nach Krems, dann geht's über Salzburg nach Innsbruck und dann hinein ins Vorarlbergische, wo wir am Abend so um sechs in

Feldkirch ankommen sollten. – Gut, dass die ganze Bagage vom jungen Herrn vorausgeschickt worden ist; die sollt schon längst dort sein, wenn wir ankommen. So haben wir uns um nichts als die Anschlüsse zu kümmern, und der junge Herr Graf können die Fahrt durch den schönsten Teil unseres Österreich so recht genießen."

„Weiß nicht, ob ich das können werd, Lukas, es ist halt doch weit weg, dieses Feldkirch. Und ich bin Ihnen schon sehr dankbar dafür, dass Sie mich begleiten."

„Hat Ihre verehrte Frau Mama so verfügt, weil die Frau Gräfin der Meinung ist …"

„… dass ein Bub mit grad zehn nicht allein so weit reisen sollt."

„Ja, mein lieber junger Herr …"

„Sonst hätt halt die Mama selber mit müssen!"

„Aber das geht doch nicht, lieber junger Herr, das wissen doch selber, jetzt, am End des Sommers, wo immer das ganze Haus voller Gäst ist! – Und ich werd mein Möglichstes tun, Ihre junge Erlaucht so gut und wohlbehalten wie nur irgend möglich dort abzugeben, und denen Herren Paters schon sagen, was für ein Schatz ihnen da zur Obhut und Pflege überlassen wird, damit sie Ihm genau die

Sachen beibringen, die ein junger Herr nun einmal brauchen wird in der großen Welt!“

Hans Karl warf das Buch zu den anderen, die er nach Format und Größe ausgerichtet in seinen flachen Kalbslederkoffer geordnet hatte, huschte fast an Lukas, der den zweiten Türflügel aufgestoßen hatte, vorbei, berührte dabei dessen linken Unterarm und lief mit „Jetzt kommen die Dorfschwalben!“ durch den Gang zu der breiten, mit einem grau gerändert kirschroten Läufer überspannten Sandsteintreppe, immer zwei Stufen überspringend, nach unten und durch die lichtdurchflutete Sala Terrena hinaus auf das von einem barocken Geländer im geöffneten Umriss eines Lindenblattes eingefasste Gartenparterre, wo sich einige Gestalten, den Walzertakt aufnehmend zu schwarzen Paaren verbunden, im gleißenden Gegenlicht zu drehen begannen.

Hans Karl erkannte sofort die Gestalt seiner Mutter, wie sie, unendlich anmutig schien ihm, an die Balustrade gelehnt, die um sie versammelten Gäste anhielt zu schweigen und sich neben ihr aufzureihen, um die Vogelstimmen zu hören, die Crescence unter dem wohlwollenden Lächeln der Musiker ihrem Pfeifferl zu entlocken verstand.

Hans Karl liebte seine Mutter, aber weit mehr und anders als ein zehnjähriger Bub seine Mutter eben liebt, nein, Kari, wie er von ihr und somit von allen genannt wurde, war in seine Mutter verliebt, er liebte ihre schmale Gestalt, ihr kastaniengold schimmerndes Haar, das sie manchmal so dicht um ihr Haupt geflochten trug wie die Kaiserin, er liebte ihre klare hohe Stirn, ihre lapislazulifarbenen großen Augen, von deren seelenvollem Blick er sich zutiefst erkannt und geliebt fühlte wie von niemandem sonst auf der Welt, er liebte ihren sanft geschwungenen Mund, den er seit einiger Zeit nicht mehr zu küssen wagte, seit jener Vollmondnacht, als er, hinter der gestickten Gardine seines Zimmers verborgen, seine Mutter lautlos aus dem Schlossteich steigen sah, und er sich wie Akteon fühlte, der, alle Verbote missachtend, Diana, der keuschen Göttin, aufgelauert hatte. Er liebte und verehrte sie so unsagbar, dass er bei dem Gedanken an die bevorstehende Trennung so etwas wie einen körperlichen Schmerz fühlte, einen Schmerz, der ihm fast das Bewusstsein raubte, und der unausweichlich zu vollziehende Abschied in der Frühe des morgigen Tages schnitt mit derselben Unerbittlichkeit in sein junges Herz, wie er sie aus den Briefen des Werther kannte, obwohl dieser nicht an der Trennung von seiner Mutter verzweifelte, sondern eben an der von seiner Geliebten.

Jetzt, als die sehnsüchtig lockende Hauptmelodie der Dorfschwalben wiederkam, löste sie sich aus der Reihe der Zuhörer, kam auf ihn zu, beugte sich mit einem angedeuteten Knicks zu ihm nieder, „Du erweist mir doch die Ehre“ flüsternd, worauf er ihre nach Buchs riechende Hand küsste, die seine auf die mit einem Seidengürtel angedeutete Taille ihres weich fallenden Leinenkleides legte und ihre Drehung aufnahm, der sie sich dann, scheinbar ihm die Führung überlassend, hinzugeben schien.

In dem geradezu stürmisch zu nennenden Applaus der etwa fünfzig Gäste zählenden Nachmittagsgesellschaft nahm sie ihn an der Hand und führte ihn auf einen hochgewachsenen Mann zu, der, aus dem Park kommend, während der letzten Takte die wenigen Stufen zur Terrasse emporgestiegen war.

„Darf ich dich dem Baron von Arnstein vorstellen, dessen Gut ganz weit dahinten ein schmales Stückl lang an das unsrige grenzt, um das er sich aber erst seit dem viel zu frühen Tod seiner verehrten Mutter im letzten Jahr kümmert. Die Baronin, die euch sehr gern gehabt hat, war uns eine sehr liebe Freundin, wie du vielleicht erinnern kannst, und so ist aus einem ferneren Nachbarn nun ein lieber und näherer Freund geworden. – Baron, das ist er also, mein Kari."

„Servus Kari, wenn ich dich auch so nennen darf, ich hab schon viel von dir ghört, und ich freu mich, dass wir auch einmal zusammen reden, grad jetzt, wo du morgen in die Stella gehst."

Hans Karl befreite unwillkürlich seine Hand aus der des Barons, irgendetwas in ihm hatte sie ihm gar nicht geben wollen, aber er wusste, dass es ausgeschlossen war, sie ihm zu verweigern.

„Weißt, es is gar nicht so schlimm wie immer gsagt wird, mein Vater hat's auch überlebt, und die Zeiten sind ja auch andere geworden seit damals, Gott sei Dank möchte man sagen."

„Ja, Gott sei Dank! Aber ich werd das alles selbst sehn, morgen dann, wenn ich dort bin. Der Lukas bringt mich hin. – Aber jetzt entschuldigen Sie mich bitte, Baron von Arnstein, aber ich muss meiner Schwester unbedingt ein Bussl geben für ihre fabelhaften Vogelstimmen", replizierte Hans Karl formvollendet und lief auf seine Schwester zu, umarmte sie und zog sie fast hastig in den Garten hinunter, während das Salonorchester das fernwehe Vorspiel zu den „Rosen aus dem Süden" in die frühen Abendgesänge der Amseln flocht.

„Möchst so gar nicht hin, gell?", begann Crescence, als sie die große Wiese zwischen den hohen Ahornbäumen im englischen Teil des Parks erreicht hatten.

„Nein, so überhaupt nicht! – Warum macht der Papa das, glaubst du?"

„Sicher weil ihm irgendjemand vom Herrenhaus oder vom Club eingeblasen hat, dass diese Stella eine der besten Schulen Österreichs ist und ein Jesuitenkolleg dazu."

„Aber du darfst doch auch weiter vom Herrn Neugebauer unterrichtet werden, warum ich nicht?"

„Wahrscheinlich weilst der einzige Sohn bist, und da darf's halt immer noch ein bissl mehr sein. Du kennst doch den Papa …"

Hans Karl ging weiter, er sagte nichts. Er schien nachzudenken. Plötzlich blieb er stehen und sah seiner Schwester in die Augen.

„Fast nicht eigentlich, er is ja nie da, und war auch so gut wie nie da, außer zu Weihnachten, Ostern und Pfingsten und zu die Jagddiners. Immer nur jagen und jagen und jagen, hier und in Ungarn und in der Steiermark und im Salzkammergut und in Tirol und in die Karpaten und in Afrika, und das Herrenhaus. Weißt du, was er eigentlich sonst noch macht? Hohenbühl führt doch eh die Mama, und Wien auch, nicht er. Aber pikiert schaun tut er, wenn ihm was nicht passt, und mitm Silberstift Kritiken auf sein Huber&Lerner-Block nebn dem Teller kritzeln, wenn ihm was nicht schmeckt."

Crescence hob die Schultern, zeigte auf eine Bank, die um eine riesige Buche gebaut worden war, und lief auf sie zu.

„Du musst kommen, Kari! Schau dir das an! Es is wie im Theater!"

Hans Karl ging den kleinen Hügel hinunter, setzte sich neben seine Schwester und sah, was sie meinte: im Abendlicht das Schloss wie eine Theaterkulisse, vor der die Menschen standen, hin und her gingen oder zu der wie durch winddurchstobene Seidenschals manchmal herunterwehenden Walzermusik tanzten.

„Glaubst, wir ghörn da auch einmal dazu und drehn uns so wie die da zu der Musik?", versuchte er leichthin zu flüstern, nahm die Hand seiner Schwester und tupfte sich mit deren Oberseite Tränen aus dem Gesicht.

„Aber natürlich!" Crescence fuhr herum und umarmte ihren Bruder. „Das geht immer so weiter, immer und ewig! Was soll denn da schon groß passiern!"

FEBRUAR

Leopold von Altenwyl hatte seine Frau nur in ihren Pelz gewickelt, er hielt sie stützend mit seinem linken Arm umfangen, als er sie während der Dove-Sono-Arie der Figarogräfin aus der Loge führen musste, obwohl sie trotz ihrer offenbar einsetzenden Wehen unbedingt wenigstens diesen Akt zu Ende hören wollte. Das sei ganz normal, flüsterte sie ihm mehrmals zu, und, er solle doch nicht so ein Aufhebens machen und die Leut bei der Musik störn.

Sie stolperten mehr als dass sie gingen die Feststiege des Neuen Deutschen Theaters hinunter, hasteten an den erstaunten Saaldienern vorbei, von denen einer geistesgegenwärtig die Mitteltüre aufriss und einen Fiaker unter das Glasdach der Auffahrt winkte, in den Altenwyl seine Frau drängte, hob, schob, und dem Kutscher „Palais Altenwyl! So schnell Er kann!“ zurief.

Der Kaiser-Franz-Joseph-Bahnhof war in dem dichten Schneetreiben kaum auszumachen, über den Wenzelsplatz hatten die Pferde Mühe, den Wagen in der Spur zu halten, auf der Karlsbrücke forderte Altenwyl durch heftiges Klopfen, dass er

Galopp wünsche, um endlich die Kleinseite von Prag zu erreichen, was die Kutsche beinahe an den schwarz drohenden Brückenheiligen zerschellen ließ.

Das Tor stand offen, die bespannte Equipage im Eingang.

„Vinohradská vierundneunzig, Pavel! Die Hebamme! Die Hebamme!“

Mit der Beschließerin und der Kammerjungfer schleppte er seine Frau auf ihr Zimmer, ließ sie ihrer nassen Robe entledigen und für den zu erwartenden Vorgang umkleiden, wischte ihr mit seinem Stecktuch die kaltnasse Stirn und musste hilflos mitansehen, wie das Laken ihres Bettes von einer Welle, durchscheinend wie Eiweiß, überschwemmt wurde, die sich allmählich hagebuttenrot färbte, was Anna, die Jungfer, veranlasste, nach Keramikschalen und neuen Leintüchern zu laufen.

„Es wird alles gut, Helen, es wird alles gut, Helen, glaub mir, Helen!“

„Ja, es – wird – alles – gut, Poldo, wenn – du – das sagst“, stöhnte sie, „wird – alles – gut“, um ein Lächeln bemüht. Sie musste aufschreien.

„Es ist – alles – gut! – Und so – muss es – doch auch – sein, – nicht wahr?“

Altenwyl ergriff die Schultern seiner Frau und presste sein Gesicht neben das ihre in das leinenüberzogene Federkissen, um sein Schluchzen zu verbergen, während die Frauen Schüsseln entleerten und neue Tücher brachten.

Mit einem gellenden Schrei krallte sich Helene in den Westenrücken ihres Mannes, bäumte sich auf und stieß pfeifend, wie ein zu Tode gehetztes Hirschtier beim Anblick der sie stellenden Meute, ihren Atem aus, wieder, wieder und wieder, wieder, wieder, nicht endend.

„Das Kind kommt!", schrie Anna.

„Komt Kind", setzte die Beschließerin nach und drückte walkend vom Oberbauch gegen die aufgestellten Beine der Kreißenden.

„Gut! Schrein! Gut! Gut! Gut! – Mehr schrein, Frau Gräfin, mehr! Rufen Kindl auf Welt! Schnaufen Kindl auf Welt! – Ticha, Anna, schnell! Wohin mit Blut sonst? – Und ein Schere, Anna, ein Schere! Schnell!"

Mit ihrer ganzen Kraft stützte sie sich auf den Bauch der Gebärenden und presste diesen im Rhythmus der Schreie, selbst ein dunkles raues Geräusch wie ein Grunzen ausstoßend.

„Anna! Komt! Komt! Dricken, da!" Sie wechselte zu dem sichtbar gewordenen Kopf, versuchte an diesem vorbei den Schoß zu weiten, um den Schultern einen Ausgang zu ermöglichen, worauf unter fast wiehernden Atemstößen Helenes Schoß aufriss und ein Etwas von einem Kind plötzlich mühelos auf das nunmehr kirschrot gefärbte Laken fiel. „Ein Mädel is's! Es is a Mädel!", rief sie und streckte Altenwyl eine große Stoffschere entgegen. „Wollen Herr Graf? – Missen Herr Graf! – Da, schneiden Mutterbandl ab, sonst nix gut für Atem für Leben!"

Leopold Altenwyl hielt die Schere in der Hand.

„Bitte, Poldo, tu's", flüsterte Helene. „Mach es los von mir, damit es leben kann. Hol unser Kind ins Leben!"

„Da!", zeigte die Beschließerin auf die Nabelschnur zwei Handlängen über dem Bauch des wie ein Seepferdchen gekrümmten Lebewesens. Altenwyl durchschnitt zögernd das weißlich fleischige Band und nahm plötzlich das Gesicht jener fast weißhaarigen Frau wahr, die sich den Schweiß mit dem grau gesprenkelten Ärmel ihrer gefilzten Jacke aus dem Gesicht wischte, Mela Pozarek, wie ihm erleichtert einfiel, die schon seit mindestens dreißig Jahren ihren Dienst im Palais versah und die jetzt den verbliebenen dünnen Schlauch über der Leibesmitte des

Kindes verknotete, es aufnahm, in einen auf den Teppich gefallenen Seidenschal wickelte und es hin und her zu wiegen begann, wobei sie den Kopf des Neugeborenen mit jedem Schwung tiefer senkte, bis es zu schreien begann. Dann streckte sie es lachend in die Höhe, um es dem Vater zu reichen, der es erstaunt in den Händen hielt und nach wenigen Augenblicken seiner Frau auf die Brust legte, deren Arme es unwillkürlich umschlossen, worauf es still wurde.

„Anna, du gehst in Küche, holst du Nadel und Faden, mit was Berta Braten zunäht. Nu geh schon!"

Helene schrie auf, gepeinigt von plötzlich neu einsetzenden Schmerzen.

„Anna, du gehst in die Küche und kochst mir das sofort ab und bringst es wieder, im Topf! – Im Topf, hörst du!", befahl die soeben hereingestürzte Hebamme der davoneilenden Jungfer, nachdem sie dieser Operationsnadeln und Fadenspulen aus ihrem kleinen Koffer in die Hände gedrückt hatte. Sie entledigte sich ihres dicken Wollmantels, ihrer Mütze, trat ans Ende des Bettes und besah das Kind.

„No, ein Mädel, und gesund soweit ich seh. Das ist doch auch was. – Kennst das noch von die Pferde, Mela, was? Gut, gut gemacht!"

Helene krampfte sich stöhnend zusammen.

„Scheen Abend, Frau Gräfin, hab immer gesagt, dass es ein Mädel wird, weil's kaum eine Mühe gemacht hat. Das tun Mädel selten. Hab der Frau Gräfin aber verboten, jetzt noch zu die Oper zu gehn, erinnern sich der Herr Graf? Und dann hat man halt so einen Palawatsch!"

Helene schrie.

„Is gut, schrein, Frau Gräfin! Bitt schön zu schrein auch, wann ich zieh, weil, da will noch was heraus."

Sie kniete sich vor Helene, griff mit beiden Händen unter sie, zog sie zu sich heran und schien mit weit ausgespannten Fingern die Flanken der Schreienden sich entgegenzukämmen, minutenlang, bis die Nachgeburt blutig vor ihr lag, die sie in eine Schüssel legte und Anna wegzubringen befahl. Dann fischte sie mit einer Zange die Nadeln und eine Spule aus dem fast noch kochenden Wasser, führte mit zischend eingezogener Luft einen Faden durch die Öse und beugte sich zum Schoß der noch immer heftig Atmenden nieder.

„Herr Graf wollen jetzt das Mädel bittschen der Frau Mela übergeben und die Frau Gräfin ganz fest halten, weil das, was jetzt sein muss, sehr wenig angenehm sein wird."

Indem die Hebamme mit ihrem linken Unterarm das Becken der vor ihr Liegenden niederdrückte, schloss ihre Hand mit geübtem Griff die klaffende Wunde unter dem Schoß, stülpte sie zwischen Zeige- und Mittelfinger, um den gerissenen Damm der Gebärerin wieder zusammennähen zu können, die sich bei jedem Stich wimmernd und mit solcher Macht aufbäumte, dass der schluchzende Vater all seine Kraft aufbieten musste, um den schweißnassen Oberkörper seiner Frau im Bett halten zu können.

„Anna, nicht glotzen, feuchte Tücher holen, die Frau Gräfin abwaschen, frisches Hemd, frische Wäsche, gekochtes Wasser noch einmal! Was stehst du noch!“ Die Hebamme musterte das Kind in den Armen der Beschließerin. „Und einen Schaff mit warmes Wasser für das Kindl, was noch ganz verschmiert ist und blau!“, rief sie der Jungfer nach, nahm eine Schere aus ihrem Koffer, tauchte sie in den Wassereimer und schnitt die Nabelschnur bis zum Knoten zurück.

„Müss ma fatschen nach dem Waschen, damit das Mädel keinen Bruch bekommt, wenn’s schreit. – Vielleicht dass Mela der Jungfer helfen kann.“

Sie prüfte das Wasser in dem herbeigebrachten Holztrog, schüttete etwas von dem heißen nach, prüfte wieder, senkte das Neugeborene behutsam hinein und wusch es mit einem der auf dem Boden herumliegenden Tücher, die gekrümmten Beinchen, den Rücken, den kleinen Körper, die Ärmchen, das Köpfchen, das Gesicht, in dem die Augen noch geschlossen waren, während die Jungfer Helene entkleidete, auf die Seite drehte und vorsichtig abrieb, wodurch Mela Gelegenheit fand, die blutigen Leinentücher vorsichtig wegzuziehen und durch frische zu ersetzen, von denen die Hebamme eines in der Mitte auseinanderriss, mit deren einer Hälfte sie das Kind trocken tupfte. Von der anderen Hälfte trennte sie einen Streifen, den sie um den kleinen Leib wand, um den Nabel zu verbinden. Dann wickelte sie das Kind in das verbliebene Leinen und reichte es seiner Mutter, griff unter das Nachthemd und befühlte deren Brüste, was Anna erstaunt bemerkte, als sie mit neuen Federpölstern und Daunendecken in das Schlafzimmer ihrer Herrin kam.

Mit „Frau Gräfin brauchen jetzt die Amme in ihrer Nähe“ wandte sich die Geburtshelferin fast vorwurfsvoll an Altenwyl, der seine Frau hielt, damit die Kammerjungfer Kissen im Rücken der erschöpft ihr Kind Betrachtenden auflegen konnte, ehe sie versuchte, deren zu blonden Strähnen verklebten Haare vorsichtig mit einem jener Steckkämme aus dunkel schimmerndem Schildpatt zu entflechten, den sie vor dem Opernbesuch in die Frisur ihrer Herrin gearbeitet hatte, um deren feinem Haar Halt zu geben.

„Die Amme hatte die Erlaubnis, ihre Eltern in Iglau zu besuchen, wo ihr Vater bei der Garnison seinen Dienst versieht", erwiderte Altenwyl überrascht. „Morgen, nein, heute, zu Mittag, wird sie wieder da sein."

„Das ist zu spät! Oder wollen der Herr Graf seine Tochter als Erstes auf der Welt glauben machen, dass sie verhungern muss? – Vielleicht lassen gleich ins Palais Sternberg schicken und die Malaschek Berta holen, die noch Milch hat, für den kleinen Grafenbuben. – Für alle Fälle!"

„Macht Sie das bitte noch für mich, Mela? – Für unsere kleine Tochter?", flüsterte Helene in die plötzlich entstandene Stille, worauf die Beschließerin wieselflink Rock und Mütze einsammelte und davonstürmte.

Leopold von Altenwyl hatte, als Helene das unruhig werdende Kind der Sternberg'schen Amme übergab, die smaragdgrünen Samtvorhänge geschlossen, seine Frau auf die Stirn geküsst und den Raum verlassen. Er ging sehr unsicher, so, dass er sich da und dort an der mit Familienbildern bestückten Wand des langen Ganges stützen musste, an den geschlossenen Zimmern vorbei in das kühle Treppenhaus, um in den geliebten Garten schauen zu können, der mit seinen barocken Stiegen, schmalen Terrassen, verschneiten Blumenparketten und kleinen Pavillons den steilen Rücken des Hradschin hinaufkletterte. Er empfand so etwas wie Glück darüber, dass ihnen das lang ersehnte Kind endlich vergönnt worden war. Vergönnt? Von wem, dachte er und wusste nicht, wie er weiterdenken sollte. Vielleicht kamen die lange Zeit der Hoffnung und die Geburt doch zu spät für Helene. Sie war fünfunddreißig, er wurde fünfzig. Vielleicht waren sie beide zu alt für ein Kind? Sein Blick folgte der schneegepolsterten Treppe, die wie eine weißgolden schimmernde Leiter an eine grazile Steinbrüstung gelehnt schien, eine meersandfarbene, fast oval gemauerte Laube umkränzend, in der die ersten Sonnenstrahlen dieses neuen Tages gebündelt waren wie in einem Tempel, einem Tempel des immerwährenden Glücks, zu dem sie nur emporsteigen mussten, Hand in Hand, das Kind in ihrer Mitte.

*

Aber es waren Qualen, die kein Ende nehmen sollten. Sie nahmen zu mit jedem Grad von Helenes Temperatur, mit den Attacken des Schüttelfrosts, gefolgt von wilden Fieberfantasien, die todessüchtige Delirien vor sich hertrieben.

Schon den sechsten Tag und die fünfte Nacht lag sie so, hilflos ausgeliefert dem zerstörerischen Brand in ihrem Innern, den Dr. Benda, der, seit er gerufen worden war, nicht mehr von ihrem Lager wich, durch Waschungen mit Chlorwasser, die ununterbrochene Desinfektion aller Gegenstände mit Karbolsäure und die Verabreichung des Pilzpulvers Penicillium einzudämmen versuchte, was ihm nicht gelang, bis am siebten Morgen unvermutet eine leichte Besserung auszumachen war. Helenes Atem raste zwar unvermindert, aber sie schien klar und versuchte sich aufzurichten. Flüsternd verlangte sie ihr Kind, das ihr die Amme sofort brachte. Nachdem sie das batistene Nachtkleid geöffnet hatte, legte sie es unter großer Anstrengung an ihre linke Brust. Das Neugeborene versuchte zu trinken, es sog mehrmals vergeblich, öffnete die Augen und sah seine Mutter an. Es sog wieder, und wieder, heftiger, immer im Blick mit seiner Mutter, deren Tränen auf es niederfielen wie die Tropfen eines schweren Sommerregens. Es ließ ab von der Brust. Eine winzige Zunge schob sich zwischen den Lippen hervor, fing die Tropfen auf und barg sie in dem kleinen Mund, ehe sie in zwei behutsamen Schluckbewegungen durch den noch kaum wahrnehmbaren Kehlkopf geschickt wurden. Plötzlich schien sich das Kind von seiner Mutter ab- und den das Lager Umstehenden zuzuwenden, ehe es unendlich langsam über die kraftlos gesunkenen Arme am Körper der gestützt Liegenden gegen deren Schoß rollte, wo es, mit dem Gesichtchen nach unten, liegen blieb.

Niemand wagte zu atmen. Niemandem war aufgefallen, dass Helenes Atem ausgesetzt hatte, als ihr Kopf auf das Kissen in ihrem Nacken gesunken war. Es war still in dem großen Raum, totenstill.

Dr. Benda war es, der das Mädchen aufhob und es seiner Amme reichte, ehe er das Nachthemd über Helenes Brust zog, ihren Kopf aufhob, mit seiner Rechten ihre Augen schloss, behutsam zwei

Pölster unter ihrem Rücken fortzog, sie auf die noch verbliebenen bettete und ihre bleichen Hände übereinanderlegte. Dann berührte er die Schulter des an der Schmalseite des Bettes kauernden Altenwyl, setzte sich an eines der in den spallierten Fensterdickungen stehenden Tischchen und kratzte unter dem leise beginnenden Weinen der Amme und einem verhaltenen Wimmern der Zofe mit seiner Füllfeder die notwendigen Angaben in den Totenschein, während die Glocken des Veitsdomes dröhnend zum sonntäglichen Gottesdienst riefen.

OKTOBER

Das Echo vervierfachte den Schuss Johann Bühls, es zerriss die Morgendämmerung dieses Oktobertags, war aber schon im Nachhall von der Stille des Todes eingeholt, die wie ein Schleier über das zerklüftete Tal sank, alles und alle lähmend.

„Waidmannsheil, Herr Graf, Blattschuss!", flüsterte der Jäger.

„Waidmannsdank, Gaigg!"

„Grader Achtzehner, einer unserer besten!"

„Waidmannsheil, Johann!", gratulierte nun auch Karl Hohenlohe leise.

„Waidmannsdank, Karl, und dank dir aus meinem ganzen Hubertusherzen für diesen wundervollen Prachtburschen!"

„Gönnen wir ihm also den letzten Bissen!"

Hohenlohe schickte sich an, von der Kanzel zu steigen, die beiden Männer folgten ihm, dann dem Jäger, der ihnen einen Pfad durch das Unterholz bahnte, sie vor Dolinen warnte, die sie übersprangen, bis sie über dem königlichen Tier standen, das in einen bemoosten Felsenkrater gestürzt war.

Gaigg befestigte ein Seil am verwitterten Stamm einer umgestürzten alten Fichte und ließ sich vorsichtig hinab, dann Bühl, dann Hohenlohe. Der Jäger knickte einen Zweig von einer Felsspaltentanne, zog diesen bedächtig zweimal durch die Einschusswunde, drückte mit geübtem Griff das Maul des Hirschen auf, schloss es wieder über dem blutigen Tannenzweig, bekreuzigte sich, dann wie entschuldigend den König der Wälder, worauf er sein Waidwerk mit dem Aufbruch des Tieres fortsetzte, indem er die Unterseite der Decke aufschlitzte und diese nach wenigen geschickten, das Gewebe trennenden Schnitten zurückklappte, sodass die mächtigen entschälten Rippenbögen in den ersten Strahlen der zwischen die Bäume fallenden Morgensonne in einem schmerzhaft grellen Rot aufleuchteten.

„Mit Verlaub, die Herrschaften, i deaf do?"

Der kniende Jäger sah von Bühl zu Hohenlohe, der mit einem kurzen Griff die Krempe seines Jagdhuts bejahend zurechtrückte, worauf der alte Mann unter dem mächtigen Brustbein des Wildes kreuzweise zwei Schnitte setzte, Lodenrock und Hemd über die Ellbogen zurückschob und, das Messer in der Rechten, mit beiden Armen ins Innere des Tieres eindrang. Als er sie nach wenigen Augenblicken, wie zum Gebet aneinandergelegt, aus der blutenden Öffnung zog, hielt seine linke Faust einen Fleischklumpen umfasst, den er in einer Opfergeste gegen die Sonne hob, ehe er ihn an seinen sich langsam öffnenden bartumwucherten Mund führte und in ihn biss, um das Blut aus dem Herzen des erlegten Tieres zu trinken.

„In dir ist die Kraft und das Leben", beschwor er das bluttriefende Herz, umhüllte es zärtlich mit seinem Halstuch und verwahrte es in seinem Rucksack, so, als versenke er einen unermesslichen Schatz darin.

*

„Das Gamsgulasch ist wunderbar wie immer, Ida, aber Ihre Nockerln dazu sind einfach die besten von ganz Österreich! Schad, dass Ihre Majestät noch nie das Vergnügen ghabt hat! Aber vielleicht besucht Sie uns ja doch noch amal da heroben. Komm Sie, Ida, mag Sie nicht ein Schluckerl?"

„Meiner Seel, Durchlaucht, küss d'Hand, z'Mittag! Dos duad jo do nu nit!", verwahrte sich Gaiggs stämmige Frau, wischte ihre roten Hände in die über ihr Dirndlgewand gebundene Leinenschürze und verschwand in der Küche des Jagdhauses. Johann Bühl hob sein Glas.

„Auf das alles hier, Karl, auf dieses Paradies, dein Paradies, und auf dich, deine wunderbare Frau, deine Familie, und darauf, dass ich hier sein und mit dir auf das alles mit diesem herrlichen Burgunder anstoßen darf!"

Sie stießen miteinander an, tranken und schauten von ihrem Gebirgsaltan über das weit ausschwingende Almtal, das da ganz in der Ferne vom weiß aufglänzenden Gebirgsstock des Dachsteins abgeschlossen wurde. Sie aßen schweigend zu Ende und schwiegen, bis Ida die großen Gmundener Keramikteller abtrug und mit der Mehlspeise zurückkam.

„Bitt schön gleich zuzugreifen, die Herrn, sonst fallns no zsamm! San Salzburger, und die sein empfindlich, sehr empfindlich! – Ja … – Da, von da hinten unten is's kemma, und mei Maon hat's hergführt, wie Durchlaucht dermaln befohln habn. Vom Loser hat er's abgholt und seind herübermarschiert den weitn Weg, und über die Augstwiesn hab i's heraufkommen sehn, nit langsam, schnell, schnell, die Majestät, wie a schwoaza Vogl is's gflogn, ja, fast gflogn is's, die Majestät, und die Hofdam weit, weit dahinta, hat goar nit nach wolln, und hat den ganzn Abend do nit mehr wolln wia a Glasl Mülch und a Glasl von denselbn Rotwein da, mit ein Ei drein, und hat gredt mit mir, und hat mi gfragt nach isara Gegnd da, nochn Ausseerland, weil sie das so megn hat, die Majestät."

Hohenlohe wollte die Suada beenden, aber Ida hatte eine aufs kleinste zusammengefaltete Zeitungsseite aus ihrem Dekolleté gezogen, die sie vor ihm ausbreitete und äußerst behutsam glatt strich.

„Bitte, gnädigste Durchlaucht, bitte das vorzulesen. Hat mir die Kreuzer Hermin gegeben, weil wir die Majestät gekannt haben, aber ich kann's halt nit so gut … – Wiss ma eh, was Fürchterliches passiert is, aber bitte, Durchlaucht, wenn ich bitten dürft …"

Hohenlohe klemmte nach einem Blick zu Bühl sein Monokel vor sein linkes Auge und begann vorzulesen: „*Nach dem Bericht der Hofdame Ihrer Majestät, der Kaiserin von Österreich, Gräfin Irma Sztáray …*"

„Ja, genau so hat's gheißn, die Hofdam, die was nicht nachkommen is, die war nämlich mit heroben, die Frau Gräfin Schtarai …"

„… hat sich das schreckliche Ereignis wie folgt zugetragen: Beim Hotel de la Paix, wo drüben auf der anderen Straßenseite die Kutscher mit ihren Wagen stehen, kam ein Mann auf uns zu. Unmittelbar vor uns schien er plötzlich zu straucheln. Er machte eine Bewegung mit der Hand. Ich glaubte, um sich beim Stolpern aufrecht zu halten. Mehr habe ich in der Sekunde nicht wahrgenommen. Ich wäre bereit gewesen zu schwören, dass er nichts in der Hand hatte. Gar nichts. Die Kaiserin sank zur Erde. Völlig lautlos. Da erst kam mir der Gedanke, dass dieses Scheusal Ihre Majestät geschlagen haben musste. Das war gewiss schlimm. Aber Schlimmeres konnte ich auch noch nicht ahnen, als ich mich voller Entsetzen zu ihr niederbeugte, denn sie richtete sich bereits wieder auf … ‚Wie fühlen sich Majestät?', fragte ich in großer Erregung auf Ungarisch. ‚Ist Ihnen etwas geschehen?' – ‚Nein, es ist mir nichts geschehen', antwortete die Kaiserin ruhig … Wir erreichten die Anlegestelle. Auf der Gangway, die zum Dampfer hinüberführte, ging die Kaiserin noch leichten Schritts vor mir her."

„Leichten Schritts, ja, leichten Schritts, wie da zu uns herauf!", wiederholte Ida Gaigg unter mühsam zurückgehaltenem Schluchzen.

„Kaum hatte sie jedoch das Schiff betreten, sagte sie mit erstickender Stimme ‚Jetzt Ihren Arm! Schnell, bitte!' Ich konnte sie nicht halten, ihren Kopf an meine Brust pressend, sank ich mit ihr in die Knie. ‚Einen Arzt! Einen Arzt!', schrie ich. Die Kaiserin lag totenbleich in meinen Armen … Ich war überzeugt, Ihre Majestät hätte einen Herzschlag erlitten. Jemand meinte, es wäre besser, die Ohnmächtige aufs obere Deck zu bringen, wo sie eher zu sich kommen würde … Sie öffnete die Augen und lag einige Minuten mit umherirrendem Blick da. Dann setzte sie sich langsam mit meiner Hilfe auf. ‚Was ist denn mit mir geschehen?', fragte sie. Das waren ihre letzten Worte! Unmittelbar danach sank sie wieder in Bewusstlosigkeit. Ich öffnete ihre Bluse und das Seidenmieder, um ihr Erleichterung zu verschaffen. Als ich die Bänder auseinanderriß, sah ich auf dem Batisthemd darunter einen dunklen Fleck in der Größe eines Silberguldens. Ich schob das Hemd beiseite und entdeckte in der Herzgegend eine kleine Wunde. Ein Tropfen gestocktes Blut klebte an ihr. In diesem Augenblick stand die lähmende Wahrheit vor mir. Die Kaiserin war erdolcht worden!"

Es war still, bis die Schreie eines Adlers wie Peitschenhiebe auf die Schweigenden niedergellten, worauf Ida das Zeitungsblatt zitternd vom Tisch zog und in ihren schafwollenen Socken unhörbar ins Haus schlich.

„Es is schon ein bissl viel“, versuchte Johann Bühl leichthin anzumerken, „erst der Kronprinz, jetzt seine Mutter …“

„Es is ein bissl viel. Und die alten Griechen hätten gsagt, dass man die Zeichen lesen lernen muss.“

„Zeichen für was, Kari?“

„Wer weiß das? Vielleicht fürs Ende …“

„Geh, Kari, grad du solltest es doch besser wissen!“

„Grad ich weiß es aber nicht besser, Johann, leider nicht. Nicht von den Parlamenten und nicht aus den Kabinetten. Denk doch an unser Herrenhaus, als wär's von einem Nervengift gelähmt, als wären Solferino, Königgrätz, der ungarische Ausgleich und was noch alles nicht Zeichen, die man lesen lernen müsst! Was hat denn eine Doppelmonarchie in einem Vielvölkerstaat verlorn, unsere unglückliche Kaiserin mög mir verzeihn! Wie viele ks und ks und ks und ks müsst's denn dann geben, dass sich auch die anderen Völker in diesem Haus zu Haus fühlen könnten! Und dann die Annexion am Balkan! Warum? Wen wollen wir, will Österreich beschützen, wenn Russland Serbien beschützt?“

Johann Bühl schwieg, worauf Hohenlohe die grünwandigen Glasbecher neu füllte und seines gegen die langsam sich neigende Sonne hob.

„Und wie geht's mit euerm Kari, dem meinen? Setz nämlich große Hoffnung in mein Patenkind."

„Geht gut, soweit ich weiß. Macht im nächsten Frühjahr die Matura. Hält mehr Verbindung mit seiner Mutter."

„Auf die wir trinken wollen, Johann! Auf deine wunderbare Frau, die wir leider viel zu wenig sehn, das sagt auch die Marie!"

„Hat sich fast ganz in Hohenbühl verschanzt."

„Also dann, auf deinen, euren ‚Engel Leonore'!"

Sie stießen auf Johanns Frau und Karis Mutter an, tranken und beider Blicke verengten sich in dem gleißend goldenen Licht, das jetzt die Augstwiese überflutete, bis Hohenlohe die Stille mit dem Hinweis „Da, da, ganz unten, da kommt der Gaigg mit deinem Achtzehnerhaupt herauf!" leise beendete.

„Und wie er das riesige Geweih über seinem Rucksack mit bloßen Händen im Gleichgewicht zu halten sucht! Als stemmte er wie Atlas das Gewicht der Welt!"

„Oder es nähert sich uns aus der Tiefe Akteon, der sich, auf Dianas Fluch hin, in einen Hirsch verwandelt, gehetzt von seinen Hunden."

APRIL

Hans Karl hatte den von der Hand seiner Mutter an ihn adressierten Brief mit dem ins Couvert gestanzten Bühl'schen Wappen nicht wie die meisten der Zöglinge, die ihre Post ab der Oberstufe ungeöffnet erhielten, vor dem Mittagessen im kleinen Speisesaal des Kollegs aufgerissen, er war in den Wald gegangen und auf den dem neu erbauten, lang gestreckten, kaisergelben Schulgebäude der „Stella Matutina" gegenüberliegenden Kalvarienberghügel gestiegen, dorthin, wo er vor neun Jahren, eine Woche nachdem ihn Lukas abgegeben hatte, einen fast auf Briefmarkengröße zusammengefalteten Zettel unter dem abweisendsten Stein zu Füßen der gusseisernen Muttergottesstatue mit der Beschwörung „Unter deinen Schutz und Schild, angebetete und verehrte Gottesmutter, empfiehlt und begibt sich Kari Bühl, auf dass kein Unbill ihm widerfahre in seiner Einsamkeit und langen Trennung von seiner geliebten Mutter, die ihn liebbehalten und nie vergessen möge, auch wenn er fern von ihr weilen muss. Im Namen des Vaters und des Sohnes und des Heiligen Geistes. Amen." geborgen hatte.

Er bewegte den gezackten Stein auch jetzt nicht, so wie er in all den Jahren seiner Schulzeit nicht gewagt hatte, ihn auch nur zu berühren, aus Furcht, den Zauber aufzulösen, von dem er sich beschützt fühlte. Nur die zahllosen, ihm damals noch geöffnet übergebenen Briefe seiner Mutter, die las er immer unter dem Gekreuzigten, bei jeder Witterung, in jeder Jahreszeit, ganz dicht versteckt hinter der Gottesmutter, damit er von unten, vom Schulgebäude aus, nicht entdeckt werden konnte.

Hohenbühl am 10. April '99

Mein über alles lieber Kari,
mein über alles geliebter Bub,
wenn ich Dich noch so nennen darf, jetzt, wo Du grad vor Deiner Matura stehst und schon viel mehr als ein junger Herr bist. Aber Du verstehst das sicher: wie soll eine Mutter ihren Sohn anreden, der ihr über alles lieb und wert ist, das Liebste auf der Welt!

Und wundern wirst Du Dich, dass der Brief vom Montag ist, wo Du doch erst am Sonntag nach Feldkirch abgefahren bist, aber ich hab halt über diese Osterwoche nicht reden können, es war so viel und so viele Leut da, und die Grexi wollts auch nicht, um keinen Preis nicht, aber genau um die gehts, um Deine Schwester, unsere geliebte Tochter.

Um es nicht zu lang werden zu lassen: wir werden am Pfingstsonntag, dem 21. Mai eine Hochzeit in Hohenbühl haben, und ich schäm mich dafür, dass wir die Einladungen über die ganzen Ostern vor Dir geheim gehalten haben. Entschuldige bitte, mein lieber Kari, und bleib Er mir bitte trotzdem gut dafür!

Du erinnerst Dich doch, dass bei unserer letzten Sylvestersoirée der junge Franz Stephan Freudenberg bei uns eingeladen war. Es wär schön zu wissen, ob Dir das aufgefallen ist, dass sich da sofort eine starke Sympathie zwischen den beiden eingestellt hat, jedenfalls scheinen sie sich unsterblich ineinander verliebt zu haben, was mir nur recht ist, weil die Grexi schon in ihre dritte Saison gekommen wär, weil ihr ja vorher nix recht war, was ich aber durchaus verstehen kann. Und so haben sie halt keine Soirée ausgelassen und sind auf alle Bälle gegangen, wo sie immer den Coutillon miteinander getanzt haben, und dann war die Sache also klar, auch für uns, obwohl der Steff nicht das Majorat hat, der Dritte ist er neben zwei

Schwestern, aber ich hab halt nach vielem Zureden Deinen, pardon, weiß Gott schwierigen Vater davon überzeugen können, dass das nichts mehr ausmachen darf angesichts dessen, dass sie wirklich verliebt ineinander sind und dass sich die Zeiten ja Gott sei Dank geändert haben in dieser Hinsicht.

Aber dass es so schnell gehen würd, das haben wir uns nicht gedacht, aber wenn sie zu Pfingsten heiraten, werden die beiden mit ihrem hoffentlich gesunden Kindl einen glücklichen Advent und noch glücklichere Weihnachten erleben, und wir alle miteinander auch, beisammen in Hohenbühl. Und weil der Steff ein Dragonerleutnant ist, wird die Grexi die Mürzjagd, die ich eingebracht hab, mit dem Jagdhaus und dem Hammerhof mitbekommen, und eine Apanage dazu, sodass sie auch versorgt ist und ganz sicher sein kann.

Mein liebster Kari, das war es, was ich Dir sagen wollte mit meinem Brief, und wir haben die Hochzeit auch deshalb auf den Pfingstsonntag verlegt, damit Du am Montag ganz ruhig zurückfahrn kannst nach Feldkirch und nichts von Deiner Matura versäumst, wenn da überhaupt noch etwas sein sollte. Vielleicht noch etwas Mündliches, aber in jedem Fall kannst Du dann in Ruhe zusammenpacken nach dieser schweren Zeit für Dich. Als Deine Mami weiß ich das, obwohl Du Dich nie beklagt hast. Aber angesehn hab ich Dirs immer, wenn Du zurück hast müssen, und ich erbitt Dein Pardon, dass uns nichts Besseres für Dich eingefallen ist, und bet zu Gott, dass es für irgendwas gut war in Deinem Leben.

Und wenn Du jemand von Deinen Mitschülern, der Dir in dieser langen Zeit lieb und vertraut geworden ist, und das wünsch ich Dir so sehr, auf die Hochzeit mitbringen willst, musst es nur sagen, damit wir ihm eine Einladung zukommen lassen können.

So gehab Dich wohl, mein lieber Bub, und bleib Er mir gut, so wie ich für alle Ewigkeit Ihm.

Deine Mami

Hans Karl sah lange auf den Brief, ehe er ihn sorgsam zusammenfaltete und in seinen Umschlag steckte. Er sah hinunter auf das neue Schulgebäude, das ihm in seiner Üppigkeit wie ein Seitenflügel des Hofburgtheaters vorkam, der am Ufer der Ill gestrandet war. Seine geliebte Schwester Crescence, wie sie für ihn immer heißen würde, weil er den Spitznamen „Grexi" für ihr mutiges, wie auch feines Wesen unpassend fand, würde also heiraten, würde also heiraten müssen, wenn man die Monate von Pfingsten bis Ende November weiterzählte. Sie musste ihn schon sehr lieb haben, diesen Steff Freudenberg, von dem er sich nur vergegenwärtigen konnte, dass da ein fescher Leutnant war, der ihm als sehr versierter Walzertänzer aufgefallen war, vor allem deshalb, weil Crescence auf dieser Sylvestersoirée jeden, ja, wirklich jeden Tanz an ihn vergeben hatte, wie ihm in der Erinnerung schien. Wunderschön anzuschaun, von einem Zauber umgeben, dieses Paar, aber dass man deshalb gleich …

Er barg den Brief im linken Brustfutteral seines marineblauen Internatsblazers unter dem gestickten Wappenschild der auf einer Mondsichel die Schlange des Bösen zertretenden Gottesmutter, den er zum ersten Mal als unnachgiebigen Druck auf seinem Handrücken wahrnahm, und wandte sich zum Gehen um.

„Sixtus! Was machst denn du da heroben, hast du nicht Pflichtsport?"

„Hab mich nicht eingetragen, weil ich mit dir reden wollt, wenn ich darf."

Hans Karl machte eine einladende Handbewegung, mit der er den jüngeren Mitschüler in das Wäldchen hinter der Kreuzigungsgruppe lenkte.

„Ich seh dich halt so wenig, immer weniger, und bald wirst du ganz weg sein, und da pass ich halt auf jede Gelegenheit und bin dir nachgegangen, wenn du erlaubst."

„Du kannst mich ja auf der Carina besuchen, wenn du magst."

„Wann denn? Und außerdem dürfen wir dort nur mit der Erlaubnis unsers Präfekten hin, diesem verlogenen Pater Gächter, und dieses ständige Um-Erlaubnis-Fragen für alles und jedes, das is mir einfach zutiefst odios!"

„Das war's mir auch, Sixtus, genau wie ich so alt war wie du, eigentlich bis zur Maturaklasse, wo es dann plötzlich besser wird, wirst sehn."

„Da hab ich noch lang hin!"

„Ab der Vierten vergeht die Zeit schneller …"

„Wenn du das sagst … Aber ich wollt dir auch noch danken dafür, dass du meinem kleinen Bruder letzthin geholfen hast, als der Rebenberg und seine Kumpane ihm seinen Kopf in den Schuhspind quetschen wollten. Er hat mich gebeten, dass ich dir das unbedingt sagen soll, weil er dich nie sieht. Ihr müssts ja nicht einmal mehr jeden Tag zum Gottesdienst …"

„Nein, jetzt nimmer. Sag ihm einen lieben Gruß und dass das selbstverständlich war. – Wie kommt auch so ein Lackl von der Fünften auf die Idee, seine Kraft an einem von der Ersten auszulassen! Degoutant ist das! Sag ihm, dass ich ihm wünsch, dass er durchhält, es wird besser mit der Zeit …"

„Kommt mir nicht so vor, und ich bin jetzt auch schon das dritte Jahr da."

„Doch, es wird. Es wird, wenn man es zusammenbringt, in sich ein anderes Leben zu leben, als die es von einem wollen. Sie können ja nicht in einen hineinschaun, wenn sie's auch wollen. Das muss man sich, glaub ich, wirklich beibringen, dass einen viele Angelegenheiten gar nicht bekümmern, dass man sie einen möglichst nix angehn lasst."

„Aber der Xavier tut sich halt so wahnsinnig schwer mit seine zehn Jahr. Mit dem Schlafsaal kommt er überhaupt nicht zurecht, er hat ja auf Wartegg schon sein eigenes Zimmer gehabt, weil ich weg war, und jetzt soll er mit die siebzig andern Bett an Bett in so einem riesigen Schlafstall liegen und auf Befehl aufspringen und ‚in Ewigkeit Amen' schrein und in der Zweierreihe zum kalten Wasser gehn!"

„Aber das hast du doch auch gekonnt, Sixtus, und ich hab mir's übrigens auch beibringen müssen, wir alle haben das doch müssen!"

„Weiß schon. Aber könntest du's ihm nicht einreden, Bühl, das von dem Nicht- Bekümmern mein ich, von dir tät er's nehmen. Du bist nämlich sein großer Held, sein Vorbild sozusagen, seit du ihm geholfen hast!"

„Werd eine Gelegenheit finden, Sixtus, kannst dich verlassen. Und bitte sei so gut, ich bin der Kari, noch sind wir ja nicht beim Militär, obwohl das ja einmal eine Kadettenschule war, bevor sie der Kaiser den Jesuiten geschenkt hat. Über vierzig Jahre soll das her sein, dass er ihnen erlaubt hat, ein kaiserlich-königliches Gymnasium zu führen, unter dem wir jetzt fast alle leiden oder gelitten haben, du, der Xavier, und ich auch, das muss ich schon sagen, obwohl man das eigentlich nicht sollt."

„Was sollt man nicht?"

„Die Sachen sagen, aussprechen, weil sie dann davonlaufen."

Sixtus schwieg, bis sie an der Wegkreuzung angekommen waren, von der aus Hans Karl zu dem „Carina" genannten Gutshof, in dem die Maturaklasse untergebracht war, hinüberwollte, und der Jüngere zum kasernenartigen Internatsblock hinuntermusste, der mit dem Schulgebäude durch einen gedeckten Brückengang über die Ill verbunden war.

„Apropos Militär, Kari, was wirst du machen, wenn ich fragen darf?"

„Einjährig freiwillig einmal, wie alle, aber ich denk, dass man sich weiter umschaun müsst. Damit man besser vorbereitet ist, im Fall."

„In was für einen Fall bitte?"

„Im Fall eines Kriegs, von dem der Pater Lorenz am Schluss von jeder Stund redet."

„Pardon, Kari, aber das ist doch ein ausgemachter Blödsinn! Was soll denn schon passiern?"

„Das weiß ich auch nicht so genau, aber der Pater Lorenz sagt, dass alles auf einen Krieg zutreibt und dass es keiner merkt, nein, dass es keiner merken will, sagt er."

„Aber warum? Wir haben doch an wunderschönen, sehr kommoden Frieden, wie mein Vater immer sagt."

„Die Ungarnfrage, die sich auch nach dem Ausgleich nicht erledigt hat, weil die Böhmen und die Mähren und die Ruthenen und die andern alle nicht die Deppen spielen wollen. Die Bündnisfrage, sagt er, und ob das so gscheit ist, so eng mitm Berliner Kaiserreich zu gehn, so kurz nach Königgrätz, und Frankreich und England so zu vergessen, und ob es gut ist, Bosnien einfach so zu annektiern, wo hinter denen im Ernstfall dann doch die Russen stehn werden, und dann die, wie er sagt, griechischen Schicksalsgschichten von unserm Kaiserhaus, das sich selber wegschießt oder mit einer Schlosserfeile weggestochen wird. Das sind alles Zeichen, sagt er, Zeichen, die man lesen lernen sollt, wenn man etwas im Hirn hat, oder wenn einem etwas dorthin hineingegeben wird, so wie vielleicht hier, meint er. – ‚Wir schaun herum, aber wir sehen nichts, weil wir in Wirklichkeit blind sind', sagt er, ‚wir schaun in unsrer Blindheit nur in unserm Traum herum, aber sehn, sehn tun wir nichts, gar nichts', sagt er."

„Wann krieg ich den?"

„Hoffentlich nach dem Sommer, wenn du in der Vierten bist und er es dann noch machen kann mit seinem Alter, aber dann hoffentlich auch in Deutsch und Griechisch, weil er wirklich gut ist. Ihm verdank ich viel, Sixtus, glaub mir."

„Tu ich, weil du es sagst. – Jössas, es geht auf vier, ich muss hinüber! Und ich freu mich schon auf die Nacht im leeren Studiersaal, wo ich jedes Griechischwort von Alpha bis, sagen wir, Müh bis vier Uhr früh hundertmal geschrieben haben muss. – Servus, Kari, und dank dir für deine Zeit!"

Er bot Hans Karl seine Hand, die dieser, dem Schulkameraden in die Augen schauend, annahm und einen Augenblick festhielt.

„Sag, Sixtus, hättest Lust, Pfingsten zur Hochzeit meiner Schwester mit mir nach Hohenbühl zu fahrn? Bist eingeladen, wenn du magst."

„Und ob ich mag! Quel honneur! Aber die Einladung bitte, bitte hierher, an mich, an Seine Durchlaucht Prinz Sixtus Ferdinand Maria Ignazio Alfred Robert von Bourbon-Parma, Feldkirch in Vorarlberg, Kolleg Stella Matutina, damit's alle lesen können, die Schnüffler, die meine Post aufreißen, und weitertratschen müssen s' dann, und wenn sie platzen, dass ich, zwar noch in der Dritten, aber schon die längste Zeit äußerst présentable bin! Dank dir, Kari, danke! Das alles werden wir dir nie vergessen, nie!", und lief über die noch schneenasse Wiese auf das im Frühlingslicht schönbrunnergelb aufleuchtende Schulgebäude zu.

MAI

Die weiß eingeschlagenen Tische für den Empfang der beinahe dreihundert Hochzeitsgäste wurden gerade vom weit ausgreifenden Sandsteinparkett der im Nachmittagslicht milchweiß schimmernden Terrasse entfernt, die Sala Terrena geschäftig, aber fast geräuschlos für die große abendliche Soirée mit den nunmehr noch einhundertzwanzig Geladenen vorbereitet, als sich Johann Bühl endlich entschloss, auf Erwein Arnstein zuzugehen, den er mit Abt Sigismund von Melk, dem das Kunststück gelungen war, die Vermählung seiner Tochter Crescence mit Franz Stephan von Freudenberg am späten Vormittag in der Schlosskapelle äußerst einfühlsam und beziehungsreich in die Pfingstliturgie einzubetten, in einem offenbar angeregten Gespräch am Teich entdeckt hatte.

Hans Karl, der am Fenster seines Zimmers stand, schien es, als würden die beiden Männer den Herannahenden spüren, da sie zugleich aufsahen und sich ihm zuwendeten.

„Welch schönen Festes wir hier teilhaftig werden dürfen, Graf Bühl, wir haben Ihnen voll Freude zu danken", begann der Benediktinerabt.

„Danken Sie meiner Frau, Eminenz, es ist alles ihr Werk, das aber Sie mit Ihrer ergreifenden Trauungszeremonie zu krönen wussten, wobei wir Ihnen zu besonderem Dank verpflichtet sind, dass Sie diese trotz des Hochamts in Ihrem Stift auf Hohenbühl überhaupt möglich gemacht haben."

„Danke, Graf Bühl, zu viel der Ehre, ich tat nur, was des hohen Festes ist, nämlich den Geist der Liebe zu beschwören, der sich in Feuerzungen auf die Häupter seiner Lieben niedersenken möge, besonders auf jene der beiden jungen Menschen, die heute den Bund fürs Leben geschlossen haben. Aber ein solches Fest allem Gewöhnlichen zu entrücken, gleichsam es zu transzendieren, das vermag nur Gräfin Leonore, in deren Zauber wir alle doch ein wenig stehen."

„Wie wahr, Eminenz", bedankte sich Johann Bühl und fixierte lächelnd Erwein Arnstein, der dem Blick in einer angedeuteten Verbeugung standhielt.

„Aber die Herren entschuldigen mich jetzt bitte, ein bisserl was ist noch zu tun, dann noch die pfingstliche Vesper im Stift, und dann freu ich mich schon darauf, zur Soirée wieder allhier erscheinen zu dürfen."

Hans Karl sah, wie sich der Abt aus der Gruppe löste und, sein silbernes Brustkreuz umfassend, dem Haus zustrebte.

„Baron von Arnstein, Sie wissen, was ich Ihnen zu sagen habe."

„Aber Johann, warum so förmlich? Nein, ich weiß es nicht."

„Ich habe Sie zu fordern. Morgen Früh, um fünf. Am besten an der Weihringer Waldgrenze, das ist weit genug weg von hier, sodass niemand etwas hören wird. Außerdem werden da sowieso die meisten noch ihren Rausch ausschlafen. Meine Kartellträger, Graf Paar und Baron von Sachtleben, die auch als meine Sekundanten fungieren, werden Sie noch heute Abend aufsuchen, um Ihnen meine Forderung zu überbringen."

„Aber Hans, warum? Warum denn nur?"

„Willst du mir wirklich zumuten, dass ich dir auch noch die Gründe nenn?"

„Aber Hans, das ist doch alles längst vorbei und war von so kurzer Dauer! Es war ein Hilferuf vielleicht, ein Hilferuf von zweien, von denen einer den andern in seiner Einsamkeit gehört hat. Mehr war das nicht! Und es ist überstanden, lang überstanden!"

„Gratulation, dass du meine Frau ‚überstanden‘ hast. Auf Pistolen."

„Aber nein, Hans, nein! Ich nehm deine Forderung nicht an! Ich steh nicht zur Verfügung, verstehst du? Nimm doch Vernunft an, ich bitt dich, um Leonores willen, um deiner Kinder willen!"

„Um Leonores und ihrer Tochter willen habe ich damit gewartet bis heut, die Forderung auf morgen bleibt."

„Aber ich nehm sie nicht an, Hans! Ich steh für diesen Wahnsinn nicht zur Verfügung!"

Hans Karl war erstaunt, dass sein Vater im Gespräch plötzlich seinen rechten Frackhandschuh anzog, den linken ergriff und Arnstein damit ins Gesicht schlug, zwei Mal, dann wieder zwei Mal, dann wieder zwei Mal. Und Arnstein ließ es geschehen. Dann wechselte sein Vater den Handschuh wieder in die Linke, holte aus und hieb seinen rechten Handrücken über Arnsteins Gesicht, das ob des Schlages zur Seite gerissen wurde, sodass Arnsteins Körper nachdrehen musste. Für wenige Augenblicke schien es, als würde der Baron die barocke Dianagruppe am Ende des Schlossteichs betrachten wollen, ehe er sich weiterdrehte und, ohne seinen Vater nochmals anzusehen, von ihm wegging, langsam, dem linken Seitenflügel zu, hinter dem die Wagen geparkt waren.

*

Die „Dorfschwalben aus Österreich“ hatte sich Crescence als Hochzeitswalzer gewünscht, die Dorfschwalben und die „Rosen aus dem Süden“, weil die Hochzeitsreise des jungen Paares dorthin gehen sollte, nach Venedig, Florenz und durch die Toskana nach Siena, und dann hinunter nach Amalfi und Capri, ehe sie in Neapel das Schiff besteigen wollten, das sie an die Riviera bringen würde, wo sie auf Cap Ferrat in Franz Stephans elterlicher Villa „Sirenés“ drei Wochen der Erholung von den Strapazen ihrer Flitterwochen finden würden.

„Die Paars und die Sachtleben sind nicht mehr zum Diner erschienen, und der Erwein Arnstein auch nicht“, informierte Leonore ihren Mann, als die Reihe an die Braut- und Bräutigamseltern gekommen war, miteinander die Reprise des zweiten Walzers zu beschließen.

„Ist dir, diese unerklärten Absencen betreffend, vielleicht etwas zu Ohren gekommen, Hans?“

Johann Bühl antwortete nicht, er zog nur seine Frau fester an sich, um sich, sie umklammernd, inniger der sehnsuchtsvoll wehmütigen Melodie südlicher Rosen überlassen zu können, die Johann Strauss in seinem für ihn charakteristischen Schlusswirbel in die Ewigkeit hineinzuschrauben schien.

„Doch, am Nachmittag, verzeih, dass ich vergessen hab. Den Rudi wie den Schurl hat eine wichtige Depesche erreicht, die auch den Erwein betrifft und der sie nachgehn müssen, alle drei, gleich morgen, ganz in der Früh“, erwiderte Johann Bühl, indem er sich im Schlussapplaus der Hochzeitsgäste über die Hand seiner Frau beugte.

„Ein bissl ungschickt war das schon, Hans, Pardon, wenn ich mir die Bemerkung erlauben darf, weil ich halt dann den Sitzplan noch in Ordnung hätt bringen können.“

„Teuerste Leoni, bitt nochmals um Verzeihung, aber es ist doch immer alles in der Ordnung, wenn du es in der Hand behältst, in der besten und richtigsten Ordnung, die es geben kann.“

Die jetzt einsetzende Akkordfolge einer himmlischen Drehorgel, die eine zerbrechlich schwebende Bewegung unnennbar zart in eine himmelblaue Luft zu heben schien, machte Leonore so sehr schwindeln, dass sie sich an der Schulter ihres Mannes halten musste, um nicht niederzusinken.

„Aber jetzt muss ich dich wohl dem Friedl Freudenberg überlassen, der schon ewig lang hinter dir steht, weil er die Libellenpolka mit dir tanzen will."

*

Leonore Bühl konnte nicht schlafen in dieser Hochzeitsnacht ihrer Tochter. Sie war bis nach Mitternacht geblieben, hatte sich davon überzeugt, dass es den Gästen an nichts mangelte, hatte dabei ihren entfernt verwandten Vetter zweiten Grades, den nunmehr seit fünf Jahren verwitweten Leopold Altenwyl, begrüßt, der mit Tränen in den Augen um Nachsicht dafür bat, einer solch berührenden Zeremonie aus hoffentlich verständlichen Gründen, wie er meinte, noch immer nicht beiwohnen zu können, und deshalb erst zur Soirée erschienen sei, war dann auf ihre Zimmer gegangen, hatte die Zofe entlassen, nachdem ihr magnolienfarbenes Mieder aufgehakt war, hatte sich selbst ausgekleidet und war im Negligé herumgegangen, merkwürdig ruhelos, wie ihr selbst schien, aus jedem

Fenster den fast menschenleeren Park mit seinen langsam niederbrennenden Fackeln beobachtend.

Zu den dumpf herauftönenden Triolen des beginnenden Kaiserwalzers zog sie ihre Reitbreeches über die seidene Unterwäsche, tauchte in einen Kaschmirpullover ihres Mannes, nahm ein Plaid von der Chaiselongue und schlich über die Hintertreppe in den Garten, am Weiher vorbei, bis sie auf der Steinbank hinter der Sandstein-Diana Schutz fand, von wo aus sie das zu Ende gehende, zwielichtig im Teich gespiegelte Balltreiben wie ein Gruß aus einer untergehenden Welt anmutete, deren Versinken eine Nachtigall mit schier endlos weit ausgespannten Melismen der Vergeblichkeit zu beklagen schien. Ein stundenlanger, zärtlicher, unerschöpflicher Gesang, der erst enden wollte, als er in den Amselstimmen der Frühe seine geschwisterliche Antwort fand, während Hohenbühl vom herauftastenden Morgenlicht in einen Scherenschnitt verzaubert wurde, in dem die letzten Lichter ausgelöscht, von dem die letzten Gäste weg- oder zu Bett gegangen waren, nur Karis noch erleuchtetes Zimmerfenster grüßte wie ein milder Stern herüber.

Der Widerhall von einem fernen zweifachen Klatschen schien der Szenerie Applaus zu spenden.

Amüsiert stieg Leonore auf die Steinbank und versuchte, hinter dem Wäldchen etwas auszumachen, etwa ein Publikum, vermochte aber, vielleicht wegen des betörenden Gesangs der Amseln, nur eine bewundernde, atemlose Stille wahrzunehmen. Ausatmend lehnte sie sich an die kühle Göttin, folgte mit ihrer Linken den starren Falten ihres zum Bade niederfallenden Gewands und wollte sich im Schutz der keuschen Diana ein wenig glücklich fühlen, nunmehr als Mutter, deren Tochter mit dem geliebten Mann und nicht mit einer Partie vermählt war, so wie sie seit einem Vierteljahrhundert ihres Lebens, das wie lange noch dauern würde? Vielleicht noch ein Viertel? Dann wären es drei Viertel. Dann wär der Kari vierundvierzig und das Jahr hieße Neunzehnhundertvierundzwanzig. Ein neues Jahrhundert. Was da wohl sein wird? Und wie das alles werden wird?

Die Sonne war hinter dem Mittelbau des zweiflügeligen Schlosskörpers emporgestiegen und umfing sie mit ihren wohltuend wärmenden Strahlen, denen sie sich, nur für ein paar Minuten, überlassen wollte, ehe sie zum Haus zurückzugehen gedachte, um ihre Tagesangelegenheiten wieder aufzunehmen. Ein ungewohntes schlagendes Geräusch hinter dem Waldstück ließ sie jedoch innehalten. Sie sprang von der Bank, lief zwischen den seit urdenklichen Zeiten stehenden Eichen dem Feldweg zu, wo sie den feiertäglichen Störenfried vermutete, und erkannte in dem sich nähernden Automobil den kürzlich mit Stolz erworbenen neuen „Gräf Front" ihres Mannes, der, als er sie am Waldrand winkend erkannte, sofort die Geschwindigkeit drosselte, bis er vor ihr zu stehen kam.

„Quelle belle surprise tôt le matin! Ich war mir's nicht vermutend, um mit Schiller zu sprechen. Darf ich bitten, zuzusteigen?"

„Darf man fragen?", erwiderte Leonore, nachdem sie ihren Mann mit einer lässigen Handbewegung auf seine Frackadjustierung aufmerksam gemacht hatte.

„Si vous l'aimez", antwortete dieser und tippte mit seinem glacebehandschuhten Zeigefinger an den Rand seines Chapeau Claque.

„Pardon, ich versteh dich so schlecht, wenn die Maschin da rattert. Könntest du nicht die Freundlichkeit haben?"

Johann Bühl stellte den Motor ab. „Aber mit Vergnügen! Aber dann muss ich dich bitten, später zu starten, während ich die Kurbel dreh."

„Darf man also fragen?“, wiederholte Leonore, stieg auf das Trittbrett und ließ sich neben ihrem Mann auf der kastanienbraunen Lederbank nieder.

„Alles! Was begehrt mein teures Weib zu wissen?“

„Facilement, wo du herkommst um diese Zeit, auf diesem Weg, in der Montur, wenn du mir die Frage erlaubst.“

„Ich hab dir nichts zu erlauben und nichts zu verbieten, Leoni, will dir aber gern auf deine, um korrekt zu sein, drei Fragen antworten: Erstens, ich komm von der äußeren Gebietsgrenze von Hohenbühl, von dort, wo wir mit dem Hirschwald die Arnstein'schen Rübenfelder touchieren, zweitens, diesen Weg hab ich genommen, weil ich dann früher umgekleidet zum Frühstück erscheinen kann, und natürlich auch, weil ich den fabelhaften Gräf auf diesem Weg noch nie bewegen konnte, und die Montur von der Soirée war notwendig, weil ich etwas in Ordnung zu bringen hatte.“

„Was?“

„Eine Ehrensache.“

„Ein Duell?“

„Ja.“

„Mit wem?“

„Muss ich dir das wirklich sagen, liebste Leoni?“

Sie starrte ihn an. „Warum?"

„Wie schon gesagt, Leoni, eine Sache der Ehre."

„Welcher Ehre?"

„Deiner Ehre."

„Meine Ehre ist nicht beschmutzt."

„Aber meine war es."

„Jetzt ist sie es nicht mehr?"

„Nein, sie ist wiederhergestellt."

„Ich habe zwei Schüsse gehört. Ihr habt in die Luft geschossen und so die Sache aus der Welt geschafft."

„Nein."

„Was dann?"

„Ich sagte doch, dass meine Ehre wiederhergestellt ist, deine übrigens auch."

„Wodurch? Bitte sehr! Ich frage dich! Wo – durch?"

Sie schrie es so laut in den Morgen, dass die Amseln für den Flügelschlag einer Ewigkeit verstummten.

„Dadurch, dass dein Liebhaber gefallen ist."

Leonore Bühl krallte sich in die Rahmenverkleidung des Fahrzeugs, um nicht wie eine Puppe aus dem Automobil fallen zu müssen. Aus der Todesschwärze, die sie plötzlich umgab, stieg ein Gestank wie von verwesendem Aas, der drohte, ihr den Lebensatem abzuschneiden, was sie mit aller ihr möglichen Anstrengung verhindern wollte, indem sie sich der verdorbenen Luft in ihr mehrere Male mit kurzen Stößen durch die Nase zu entledigen suchte, ein Geräusch, das Johann Bühl an das Todesschnauben einer getroffenen Hindin denken ließ.

Als die Amseln wieder sangen, hörte sie sich „Du hast ihn ermordet" stammeln, „Du bist ein Mörder! Nichts als ein ganz gemeiner, kalt – blütiger Mörder!"

„Er ist gefallen!", rief Bühl laut, so, als wolle er den lebenstrunkenen Gesang der Amseln beenden, in den jetzt zwei Lerchen, die hinter dem Eichwald gegen die Sonne aufgestiegen waren, ihre unermüdlichen Triller flochten.

„Unsere Tochter reist heut mit ihrem Mann nach Venedig!"

„Das hab ich schon bedacht. Sie können heut Mittag mit mir nach Wien fahren und der Josef bringt sie am Abend zum Schlafwagen auf die Südbahn. – Die große Bagage ist doch vorausgeschickt worden?"

„Die große Bagage ist vorausgeschickt worden. – Du wirst doch nicht ...!"

„Ich werd doch meiner Tochter nicht die Flitterwochen verderben. – Aber dem Kari möcht ich die Sache erklären, bevor ich weggeh, zumindest für eine Zeit."

„Und wohin gehst du, wenn ich fragen darf?"

„Bitt dich! Nach Moçambique, wohin denn sonst, weil uns dort, wie du vielleicht erinnern kannst, eine Farm ghört, nach der sich trotz Verwalter freundlicherweise manchmal eine meinige Cousin umschaut, die einen der dortigen portugiesischen Großgrundbesitzer gheirat hat. – Weißt, es ist nicht gut, wenn man ausgerechnet ein Mitglied vom Herrenhaus mit einer solchen Ehrensache in Verbindung bringt."

„Das ist freilich nicht gut, Johann Bühl, soviel weiß ich auch", wandte Leonore Bühl mit klarer Stimme ein und suchte den Blick ihres Mannes, „nur, dem Kari, dem wirst du gar nichts sagen, gar nix, und schon gar nicht heut, wo er nach Feldkirch zu seiner mündlichen Matura zurückmuss. Das kannst du ihm schreiben, wenn du in Moçambique bist, wenn du das kannst. Und ich werd versuchen, ihm diesen Mord als totgeweihten Irrsinn zu erklären, vor dem ich ihn warnen muss, weil er uns noch alle ins Verderben stürzen wird, wenn nicht endlich, endlich, mit diese Sachen aufghört wird, und zwar für immer, für immer und ewig! Was seid's ihr nur für Menschen, die so was noch immer tun und auch noch stolz drauf sind, heut noch, jetzt noch! Seid's ihr überhaupt welche? Ich glaub nicht! – Und das alles mach ich ihm klar, wenn er sein Maturazeugnis in der Hand hat und wir wieder daheim sind. Und dann werd ich mich von dir trennen, Hans. Ich kann mich zwar nicht scheiden lassen, weil das verboten ist, frag mich, wie lang noch, aber ich werd dich verlassen, in dem Augenblick verlassen, wenn du wieder da bist. Bitt mich den Zeitpunkt deiner Rückkehr wissen zu lassen, damit ich dich nicht mehr sehn muss. Bis dahin halt ich alles zusammen, so gut ich kann, für unsere Kinder, und bis es der Kari übernehmen kann. – Leb wohl, Adieu, weil ich dir nicht ‚Auf Wiedersehn' sagen kann und es auch nie mehr will."

Sie ließ sich aus dem Fahrzeug gleiten und entzog sich in die Schatten der alten Bäume.

SEPTEMBER

An diesem letzten ersten Septembertag des Jahrhunderts, als die helle Turmglocke der Michaelerkirche die siebte Stunde anschlug, verließ ein zumindest als ungleich zu bezeichnendes Paar das Altenwyl'sche Stadtpalais und ging die Herrengasse hinunter in die Augustinerstraße.

Das in seinem taubengrauen Mantel schlicht gekleidete Mädchen, es trug einen neuen Schulranzen auf dem Rücken, das blonde Haar in zwei Zopfkränzen um den Kopf gesteckt, hielt die Hand eines älteren Mannes in grauem Gehrock, Plastron, Melone, Kaiserbart und Spazierstock, der es, zu einem jeden der groß angelegten Gebäude auf dem Weg, dem gewaltigen, soeben fertiggestellten neuen Burgtor, der Spanischen Hofreitschule, dem weiten Kaiser-Josef-Platz, der schmalen gotischen Augustinerkirche, in der alle Herzen der Kaiser um den Hochaltar herum versammelt waren, etwas erklärend, gegen die Hofoper führte. Ab der Sirk-Ecke schienen sie ein wenig der vom schräg einfallenden Morgenlicht prächtig aufleuchtenden doppelten Palastkette des Kärntner-Rings entlang zu promenieren, ehe sie das riesige Forum mit dem Reiterstandbild des Feldmarschalls Fürst Schwarzenberg, des Napoleonbezwingers bei der Völkerschlacht von Leipzig, überquerten, um am aufglitzernden Hochstrahlbrunnen vorbei den nach Ungarn führenden Rennweg zu erreichen, der sie ans Ziel ihrer morgendlichen Wanderung bringen würde, zur Volksschule des Sacré-Coeur-Ordens, in der Leopold Altenwyl seine Tochter Helene unter dem mit den Schwestern vereinbarten Namen Lena Alt und der vertraglich abgesicherten Anweisung eines namhaften jährlichen Betrages, Schulgeld tituliert, angemeldet hatte, weil er zu der Überzeugung gelangt war, dass es für sein einziges Kind besser sei, möglichst früh mit dem wahren Leben der Menschen in Berührung zu kommen, als wie eine Gewächshauspflanze für etwas herangezüchtet zu werden, dem er das über alles geliebte und vergötterte Abbild seiner Frau, die Alleinerbin eines beträchtlichen Vermögens mit Ländereien sowohl in Böhmen als auch in Österreich, keinesfalls preisgeben wollte.

Er hatte Wenzel, den er nach dem tragischen, krankheitsbedingten Verlust seines ältesten Freundes Ferdinand Waldstein eingeladen hatte, forthin in seine Dienste zu treten und als sein Kammerdiener mit ihm nach Wien zu übersiedeln, gebeten, an diesem und an den kommenden Tagen den Dienstfrack gegen eine zivile Kleidung zu wechseln, seine Tochter zu Fuß in die Schule zu bringen und, bei der Salesianergasse wartend, nach dem Unterricht wieder abzuholen, so lange, bis sie mit der Pferdeeisenbahn auf der Rennweglinie zwischen Oper und Landstraße Hauptstraße vertraut wäre, damit niemand Verdacht schöpfe, dass sie nicht, wie ihre Mitschülerinnen, dem bürgerlichen Stand angehöre.

„Wollen bitte schauen, Komtesse, und das ist Belvedere-Schloss, das untere, das hat alles der Prinz Eugen gebaut, der edle Ritter, dem was wir endgiltige und immerwährende Befreiung von die Tirken verdanken; und in dem oberen, iber dem schenen Park, den was alle Menschen anschaun kennen, wenn sie wollen, da sitzt jetzt unser zukünftiger Kaiser-Thronfolger, der Erzherzog Franz Ferdinand, was Nachfolge von unglicklichen Kronprinzen Rudolf hat antreten müssen, weil der sich selbst entleibt hat, und keine Menschenseele weiß warum."

„Dürfen da auch Kinder spielen, Wenzel?"

„Dürfen auch Kinder spielen, Komtesse, wenn Kinder brav sind."

„Dann gehn wir hin, Wenzel, gleich heut, wenn die Schule vorbei ist."

„Wie Komtesse befehlen."

„Befehlen tu ich gar nix, Wenzel, ich wünsch mir's halt, und ein bissl eine Angst hab ich auch."

„Aber das müssen Komtesse iberhaupt nicht! Vor dem Belvedere-Garten brauchen Komtesse doch keine Angst zu haben. Ich wart da driben bei dem Cafè, bis Komtesse kommen, und dann gehn wir hinein."

„Nicht vor dem Belvedere-Garten, Wenzel, vor der Schule hab ich ein bissl eine Angst."

„Auch die müssen Komtesse nicht haben, weil Ihr gnädigster Herr Vater alles auf die besten Wege gefihrt hat mit die Damen Schwestern, die was Lehrerinnen sein werden von Komtesse."

Helene drückte die Hand des Kammerdieners etwas fester und ließ sich schweigend die breite Straße weiter hinaufführen.

„Wollen bitte schauen, Komtesse, das da ist Kloster von Salesianerinnen, wo auch Mädln in die Schule gehn, adelige Freilein von Eltern, was nicht so viel Geld für Hauslehrer haben wie netig, und deshalb hat Kaiserin Amalia Schule ins Leben gerufen, aber das ist lange her, und die Mädln müssen auch drin bleiben, bis sie fertig sind."

„Das möcht ich nicht!"

„Eben, Komtesse, und deshalb hat gnädigster Herr Vatter von Komtesse auch verfügt, dass Komtesse zu die anderen Schwestern in die Schule gehn, zu die vom heiligsten Herz unseres Erlesers, weil Komtesse dort auch andere Sachen lernen sollen wie was Stricken, Hekeln, Kichenangelegenheiten und Solféges-Singen sind."

„Was bitte ist ‚Solféges-Singen', Wenzel?"

„No, einfach singen lernen, Komtesse, so, wie Komtesse es schon so wunderschen können, und a bissl aus die Notenblätter lesen, was Komtesse auch schon können, und bissl auf schenen Besendorfer-Fligel spielen, was Komtesse auch schon können."

„Und das darf ich jetzt nicht mehr, Wenzel?"

„Gott bewahre, Komtesse, die Freilein Tonka ist doch mit uns nach Wien gegangen, trotz ihren Alter, sie hat doch Wohnung bei uns und wartet nur darauf, dass sie bei Komtesse mit der Musikschul weitermachen kann, wann immer Komtesse befehlen … oder mechten. – So, und jetzt wollen Komtesse bitt schön da hineingehn zu die anderen Mädln, die was da mit die Stanizln stehn, das sind die neuen, und mit denen geht sie dann auf das Zimmer, wo die Schwester, die was alle Stanizlmädln abholen wird, sie hinfihrn und was dann ihr

Klassenzimmer sein wird. – Jeschusch Maria, beinahe hätt ich auf das Stanizl mit die Demelzuckerln vergessen, was ich für Komtesse einstecken hab!" Und mit einer gewissen Feierlichkeit überreichte Wenzel Joseph Kratochvil der kleinen Helene Altenwyl eine bunt bemalte spitze Tüte, deren Futter aus meerblauem Seidenpapier von einer himmelblauen Kreppschleife in einen zarten Blütenkelch verwandelt wurde.

„Und bitte nicht vergessen, Komtesse: Komtesse heißen von jetzt an Lena Alt mit Namen und wohnen bei einer Tante in Wien, die was Beschließerin ist, weil sie keine Mutter mehr hat und der Herr Vatter auf einer Meierei in Behmen ein Verwalter ist."

Helene vermochte den Hals des sich aufrichtenden Kammerdieners gerade noch zu umfassen, wodurch ihr die blaue Stanizlblume entglitt, nach der sich aber Wenzel sofort bückte, sodass es ihr gelang, ihre Lippen für einige Augenblicke fest auf den Bart des Erstarrten zu drücken und zu flüstern: „Warum, Wenzel, warum muss das jetzt so sein?"

„Weil sonst Schule nicht meglich, weil Schule Volks-Schule ist und nicht Komtessen-Schule, Komtesse."

Helene drückte fester. „Was ist das, das Volk, Wenzel?"

„Sind wir alle, Komtesse, und gitiger Vatter von alle, alle miteinander, ist seine Majestät der Kaiser, aber manche von Stand von Komtesse wollen davon nix wissen, aber gnädiger Herr Vatter von Komtesse mechten, dass Komtesse in diese Schule lernt, es zu wissen."

„Danke schön, Wenzel."

Helene löste ihre Arme von seinem Nacken, nahm ihr Stanizl und schloss sich der kleinen Gruppe von Mädchen an, die der jungen Ordensschwester vom Sacré Coeur ins Schulgebäude folgte.

DEZEMBER

Für Johann Bühl war die Einladung zur *Última Caça Natal Do Século* des Herzogs Mendo da Sylva-Tarouca eine höchst willkommene Abwechslung seines ihn über die Maßen langweilenden, nun schon mehr als ein halbes Jahr dauernden Aufenthalts auf seinem Gut in Moçambique, versprach sie doch aufgrund der dreitägigen Großwild-Safari wenigstens ein unterhaltsames Weihnachtsfest.

Schon vor Tagesanbruch des dreiundzwanzigsten Dezember hatte er sich von Olivier Tambwe, seinem Verwalter, zum fünf Meilen entfernten Gut seines Freundes Marques de Ferreira fahren lassen, dem Ehemann seiner Cousine zweiten Grades, Marie, die es aber vorzog, Weihnachten mit ihren drei Kindern zu Hause zu verbringen.

Man wollte spätestens zu Mittag die Propiedades des Herzogs erreichen, von wo aus zu einem Jagdcamp aufgebrochen werden sollte, in dem sowohl der Heilige Abend wie auch die Feiertage zugebracht werden würden. Das Wetter war trotz der um diese Zeit einsetzenden Regenperiode unerwartet günstig, und so beluden die Männer nach einem kurzen

Begrüßungskaffee mit klarem Rum eilig die Wright-Maschine mit Treibstoffkanistern, ihren Taschen und den schweren Waffen, derentwegen der elfenbeinfarbene Doppeldecker zunächst nur mühsam an Höhe gewann, dann aber wie befreit dem von unabsehbaren, eidechsengrünen Mangrovenwäldern durchsetzten Lauf des seenbreiten Sambesi folgte, bis ihn Miguel de Ferreira nach etwa zwanzig Meilen sicher auf die breite, mit blühenden Kakteen markierte Landepiste senken konnte.

Nachdem man, dankbar nach dem langen Flug, für den der Treibstoff fast nicht gereicht hätte, einen frugalen Champagnerimbiss eingenommen hatte, den die Herzogin unter der schier endlos fortlaufenden rostroten Holzloggia des Herrenhauses servieren ließ, bestieg man das Automobil und wurde von einem lindgrün betressten Ureinwohner vom Stamm der Tsonga vier weitere Stunden lang durch domhohe Palmenhaine und lehmnasse Savannen zu jenem für diesen Anlass mit fünf chaletgroßen Segeltuchzelten versehenen Camp gefahren, das von einem Palisadenzaun aus Eukalyptusstämmen geschützt war.

Die Ankommenden wurden bereits von fackeltragenden Dienern erwartet und von der übrigen

Jagdgesellschaft mit Applaus begrüßt, während ein vor dem Hauptzelt aufgebautes Grammophon Weihnachtslieder spielte, für deren reibungslosen Ablauf ein junger Malawi sorgte, indem er Schellacks und Nadeln wechselte und die unter ihrer riesigen Messingtrompete verschwindend kleine Maschine aufkurbelte.

Mendo da Sylva-Tarouca wies seinen Gästen je nach Freundschafts- und Verwandtschaftsgrad die Zelte an, wobei er Wert darauf zu legen schien, dass ein Damenzelt vorhanden sei, das seine Frau mit Elvira, Vira Revertera, Philippa, Lipi Pereira, Franziska, Ziska Sonnleiten, und Walburga, Burgi von Todesco, der einzigen Jägerin in der Damenrunde, wie der Herzog nicht ohne Anerkennung bemerkte, zu teilen gedenke. Nach etwa einer halben Stunde der Rekreation möge man in dem Zelt, vor dem das Grammophon spiele, zu einem kleinen adventlichen Diner zusammenkommen, um den Ablauf der nächsten Tage zu besprechen. Wassertanks fänden die Herren aufgebockt am rückwärtigen Zaun, die Damen in ihrem Zelt über zwei Emaillewannen, die, ebenso wie die Leibstühle, von dienstbaren Geistern zu jeder Tages- und Nachtzeit, hoffentlich unmerkbar, entleert und gereinigt zurückgebracht würden, worauf sie das

Läuten mit dem kleinen Schellenband an der rechten hinteren Seitensäule aufmerksam machen würde.

Johann Bühl betrat als Letzter das kerzenerleuchtete Hauptzelt, was ihm angesichts der um eine aus Kartentischen zusammengesetzten, weiß eingedeckten Tafel versammelten Gesellschaft ein wenig peinlich war, aber er wollte seinem Pilotenfreund Miguel den Vortritt beim Duschen lassen und hatte sich durch das für ihn ungewohnte Binden seiner Smokingschleife unnötig aufgehalten.

Als er sich neben Walburga von Todesco in den einzigen noch frei gebliebenen leinenbespannten Klappsessel setzte, wurde bereits die Vorspeise serviert, hauchdünn geschnittene Filetscheiben vom Wasserbüffel, wie Mendo da Sylva-Tarouca anmerkte, lagen, zu Nelkenblüten geformt, auf ockerfarbenen, melonenartigen Fruchtschiffchen; der Herzog sprach ein kurzes Tischgebet, hob seine Champagnerschale und hieß seine Gäste nochmals auf das Herzlichste willkommen, wobei er seiner Hoffnung Ausdruck verlieh, dass allen, Jägern wie Nichtjägerinnen, eine ereignisreiche Weihnachtssafari beschieden sein möge.

Da Johann Bühl seinen Blick nicht von einer etwa zwei Meter hohen, in einem Sockel aus

Wurzelholz verankerten Tanne wenden konnte, erklärte Sylva-Tarouca, dass diese aus der Steiermark stamme, eine lange Schiffsreise in einem eigens hierfür angefertigten, ihren Stamm umschließenden Wasserfass hinter sich habe, vor einer Woche vom Porto de Lourenco Marques abgeholt worden sei und für den morgigen Heiligen Abend von seiner Frau und den verehrten anderen Damen, selbstverständlich nur, wenn sie Vergnügen daran fänden, geschmückt werden würde, wobei der Fantasie der Weihnachtsengel keine Grenzen gesetzt wären. Der Tag aber, besonders der früheste Morgen, gehöre ganz und gar der Krokodiljagd, einem ebenso gefährlichen wie schwierigen Unternehmen. Sie würden noch vor Tagesanbruch, und das sei schon bald, weil sie sich so weit im Osten Afrikas befänden, unter der unübertrefflich kundigen Führung von Amos das Lager verlassen, um sich nach einem etwa einstündigen Fußmarsch hinter dem bereits vorbereiteten, mit Schießscharten versehenen Einstand in Deckung zu begeben.

Auf ein wohlwollendes Nicken des Herzogs kreuzte Amos seine feingliedrigen, wie aus Mahagoniholz geschnitzten Hände über der Brust, verbeugte sich und verließ das Zelt.

„Die Automobile sind hierbei absolut nicht zu benützen", fuhr Sylva-Tarouca fort, „weil Krokodile fast jede Vibration zu Land und im Wasser spüren, außerdem sehen sie gut und verfügen über einen ausgezeichneten Geruchssinn. Wir müssen also unterwegs unsere, bitte unbedingt mit der schwersten Munition geladenen Büchsen spannen, beide Hähne, möglichst leise, Amos wird uns am dafür geeigneten Ort das Zeichen hierfür geben. Unsere Krokodile haben sich eine lang gezogene Sandbank in einem Nebenlauf des Sambesi ausgesucht, wo sie zu fünfzig, zu achtzig vielleicht, die Nächte verbringen. Dort, vis-à-vis am Ufer, befindet sich unsere Deckung. Ein jeder und eine jede, wobei ich hier leider nur unsere Burgi ansprechen darf, hat genug Platz, um dort lautlos seine Schussposition einzunehmen, also in die Knie oder in die Hocke zu gehen und auf den dafür vorbereiteten Bambus-Dreigabeln aufzulegen, weil das Zaungeflecht nicht höher als einen Meter zehn messen darf, andernfalls die Tiere ihren Schlafplatz längst gewechselt hätten. Wir sprechen also an und jeder sucht sich sein Tier, Einschuss am besten zwischen oder hinter den Augen, zeigt es mir und den anderen, worauf wir auf mein Zeichen alle zugleich schießen müssen, weil die Krokodile sofort ins schützende Wasser flüchten. Selbstverständlich sind auch beide Schüsse möglich, nur den ersten, den müssen wir zugleich setzen. Dann werden wir ein Picknick haben, dann zurückfahren und unterwegs vielleicht noch ein paar Springböcke mitnehmen. Weihnachten widmen wir uns Gazellen und Büffeln, um uns für den Stephanitag auf die Majestäten vorzubereiten, die Elefanten. Für die Trophäen jedes Einzelnen wird Sorge getragen."

Sylva-Tarouca hob mit der Linken sein mit Rotwein aus den portugiesischen Familienweingütern gefülltes Kristallglas.

„Waidmannsheil, meine Damen und Herren!"

„Waidmannsheil!", gab die Jagdgesellschaft rufend zurück und klopfte auf die Tische, ehe sie die Gläser, ebenfalls mit der linken Hand, an die Münder führte, ganz so, wie es in dem ehrwürdigen und geheimen Jagdbuch Kaiser Maximilians seit 1520 festgehalten und zu beachten war.

Walburga von Todesco war, nachdem sich die anderen Gäste in ihre Zelte zurückgezogen hatten, vor dem noch ungeschmückten Christbaum stehen geblieben, offensichtlich fasziniert von dem

Gedanken an die fast erdumspannende Reise dieser Tanne von der Steiermark nach Moçambique in ein Jagdcamp am beginnenden Unterlauf des Sambesi-Flusses.

Mit „Das ist doch eine eminent sinnreiche Idee unseres Gastgebers, Weihnachten mit einem solchen Gruß aus unsrer österreichischen Heimat zu feiern, findest du nicht, Burgi, wenn ich dich so nennen darf?“ versuchte Johann Bühl den Anfang einer Konversation.

„Darfst du, Graf Bühl, ausnahmsweise, weil auf der Jagd und auf dem Berg das Du gilt, aber sonst weiß ich nicht, ob du’s tätest, wir stehn nämlich nicht im Gotha“, antwortete die Angesprochene, ohne sich umzudrehen.

„Todesco, das ist doch …“

„Richtig, das Palais neben der Oper, das mein Schwiegervater hat hinstellen lassen.“

„Bewundernswert, ein wahrlich herrlicher Bau! Vielleicht das kostbarste Juwel unserer an neuen und großen Palästen so reichen Ringstraße! Ich schätzte mich glücklich, dir dort einmal meine Aufwartung machen zu dürfen, um dir und deinem Mann unsere Einladung nach Hohenbühl persönlich überbringen zu können.“

„Das sollte sich doch machen lassen. Wann wirst du denn wieder zurück sein, Johann, in unserm schönen Österreich?"

„Sobald als irgend möglich, schon gar, wenn sich mir dort die Aussicht eröffnet, einer so schönen Frau wie dir wiederzubegegnen."

Walburga von Todesco schwieg und trat der Tanne einen Schritt näher. Sie schien sich vor dem hohen, ausfächernden Baum zu verbeugen, strich mit ihrer flachen Hand langsam, fast zärtlich einen Ast nieder, gab diesen nach einigen Herzschlägen behutsam wieder frei und sog, tief einatmend, dessen Duft von ihrer Handfläche, die sie dann unter ihrem cremefarbenen Spitzenkragen um ihren schlanken Hals legte.

„Pardonier mich bitte, wenn ich es wag, deine hinreißende, noch adventliche Andacht zu stören, aber in Anbetracht dessen, dass uns unser Gastgeber eigentlich schon vor einer Stund zu Bett gschickt hat, erlaub ich mir halt auch noch indiskreterweis die Frag, ob es sich um die Todescos handelt, die …"

„… eine jüdische Familie sind. Ja. Und mein Schwiegervater hat seinen mosaischen Glauben gegen den protestantischen eingetauscht. Ich wiederhole, den protestantischen, weil der so gut zu ihm passt, wie ich finde, obwohl er absolut kaisertreu ist. Deshalb hat ihn Seine Majestät vielleicht auch mit dem Baron beschenkt. – Also, Johann, du siehst, es wird nicht besser, wir stehn nicht im Gotha und werden auch nie hineinkommen, was uns aber gar nix ausmacht“, sie drehte sich zu ihm um, „kannst mir's glauben.“

„Ich glaub dir alles, Burgi, alles, diese wunderschönen veilchenblauen Augen können gar nicht lügen.“

Walburga von Todesco begann nach einer kleinen Gesprächspause, in der sie dem Blick Johann Bühls ungerührt standhielt, vorbei an den noch immer mit der Versorgung der Diner-Utensilien Beschäftigten, das Zelt zu verlassen. Draußen umfing sie eine dunkle, fast röhrende Krötenmusik, die von lang gezogen klagenden Vogelrufen wie warnend überspannt wurde. Sie blieb stehen.

„Sag mir, Johann, wenn ich das fragen darf, warum bist du hier und nicht bei deiner Familie? Es ist Weihnachten und du bist Großvater geworden und dein Einjährig Freiwilliger Sohn hat auch Urlaub bekommen.“

„Das ist erstaunlich, du bist ja bestens informiert! – Aber in so einem wundervollen Moment kann mich wirklich nicht interessiern, woher. – Also, um die Wahrheit zu gestehn, weil der Mendo auf die Idee gekommen ist, mich einzuladen, und weil ich mir eine solch außergewöhnliche Safari natürlich nicht entgehen lassen kann, in Absprache mit meiner Familie übrigens. – Und wenn ich mir jetzt die Gegenfrage erlauben darf, warum bist du hier, Burgi, was ich übrigens seit einem Bissl mehr als zwei Stunden versucht bin, für einen Wink des Schicksals zu halten, aber das dürfte dir ja nicht entgangen sein, weshalb ich es auch nicht mehr extra zu betonen brauch." Er griff hastig nach ihrer linken Hand und küsste sie.

„Wink des Schicksals. – Nun, ich bin auch hier, weil der Mendo auf die Idee gekommen ist, mich einzuladen, und weil ich mir diese außergewöhnliche Safari nicht entgehen lassen kann, in Absprache mit meinem Mann übrigens, der sich standhaft geweigert hat, ein Jäger zu werden, sehr im Gegensatz zu mir. – Schlaf gut, Johann, wir sehen einander ja gleich wieder."

*

Die Unternehmung schien zu gelingen. Amos, eine abgedunkelte, nur nach unten um den kleinen Tank herum geöffnete Petroleumampel in der Hand, hatte sie auf einem kaum mehr als armbreiten, in den Mangrovendschungel gehauenen Pfad zu ihrem Deckungsplatz geführt, wo sie sich in ausreichendem Abstand lautlos nebeneinander in Stellung bringen konnten, kauernd, die meisten kniend mit der Möglichkeit, sich auf die Unterschenkel setzen zu können, wie Johann Bühl zuoberst in der Reihe, flankiert von Walburga Todesco an deren Ende und Mendo Sylva-Tarouca in der Mitte.

Die fahle Helligkeit eines riesigen Wintermonds schälte nur diese eine bizarr gezackte, lang gestreckte Insel in einem unbewegt liegenden, trüben Wasser aus dem Dunkel, die sich ihren atemlosen Betrachtern in der beginnenden Morgendämmerung erst allmählich als der Schlafplatz unzähliger monströser Reptilien entschlüsselte. Durch ein verabredetes Handzeichen forderte Sylva-Tarouca seine Gäste auf, das Tier ihrer Wahl den anderen kenntlich zu machen, worauf er ihnen bedeutete, die bereits gespannten Waffen durch die Schießöffnungen zu schieben, auf den vorbereiteten Dreigabeln anzulegen und regungslos das erste Licht der aufgehenden Sonne zu erwarten.

Die aschenfarbene Scheibe stand noch immer hinter der Krokodilinsel, als diese sich endlich, qualvoll von allen herbeigesehnt, aus ihrem diffusen Schiefergrau zu lösen und flamingorote Konturen anzunehmen begann, deren obersten Kamm ein kaum wahrnehmbares Zucken durchlief, was Sylva-Tarouca zum Anlass nahm, langsam seine Hand zu heben, um diese, als die Bewegung den gesamten Höhengrat der Insel erfasste, wie ein Beil niederfallen zu lassen.

Sechs Schüsse, die sich in einer einzigen ohrenbetäubenden Detonation entluden, verwandelten das schlafende Reptilienriff im Augenblick ihres Einschlags in das Inferno einer alles verwüstenden Zerstörung. Krokodile bäumten sich meterhoch in die Luft, schienen mit ihren aufgerissenen Drachenmäulern nach den Sonnenstrahlen zu schnappen, die das Chaos der Insel in eine unbarmherzige Röte tauchten, während die anderen zuckend wie Riesenschlangen dem Wasser zustrebten und eine blutgolden aufspritzende Brandung gegen das Ufer der Jäger schickten, in der zwei der gigantischen Echsen wie magisch angezogen auf Johann Bühl zuschwammen, der entsetzt aufsprang, wie die übrigen auch.

„Feuer!“, schrie Sylva-Tarouca, „Alles Feuer auf diese beiden!“

Nahezu gleichzeitig krachte die Salve. Sie setzte dem wütenden Angriff der Krokodile, deren eines bereits das Ufer vor Bühl erklommen hatte, ein jähes Ende. Die Anspannung der Safarigesellschaft löste sich auf in einem befreienden Jubel der gegenseitigen Gratulationen, der jäh verstummte, als Miguel de Ferreira „Johann! Johann!“ schrie, auf den in den sumpfigen Boden hingestreckten Freund zustürzte und angesichts dessen aufgerissenem Brustkorb über ihm verhielt, „Johann“ stammelte und, hilflos auf diesen weisend, zu den erstarrten anderen sich umwendend „Johann, Johann!“ schluchzte.

Wie auf einen geheimen Befehl hin löste sich Amos mit fünf Jagdhelfern aus dem Unterholz. Sie begannen, mit ihren Buschmessern junge Mangrovenstämme zu schlägern, ihrer Äste zu entkleiden und mithilfe von Schlingpflanzen zu einer Bare zusammenzufügen, auf die sie Johann Bühl betteten, mit seinem in den schlammigen Untergrund gefallenen schottischen Plaid überdeckten und wegtrugen, was Sylva-Tarouca sowie seine vier noch verbliebenen Jagdgäste bewegungslos und schweigend geschehen ließen, nur Walburga von

Todesco flüsterte kaum hörbar, doch sehr zum Erstaunen der anderen, die Formel des Kyrie: Herr, erbarme dich unser, Christus, erbarme dich unser, Herr, erbarme dich unser!

DEZEMBER

Leonore Bühl hatte zu dieser *Petite Soirée De Bienvenue Pour Le Nouveau Siècle*, wie sie die bei Huber&Lerner gedruckte Einladung nannte, ins Wiener Palais gebeten, hauptsächlich um ihre Kinder wieder einmal unter Menschen zu bringen. Crescence sah sich seit der Geburt ihres Sohnes Stanislaus Ende November noch immer nicht in der Lage, gesellschaftliche Verpflichtungen wahrzunehmen, sosehr ihr Mann dies auch wünschte, und Hans Karl schien geradezu erleichtert, diesen mit dem Hinweis auf sein Freiwilligenjahr aus dem Weg gehen zu können.

Am Stephanitag hatte Lukas nach Hohenbühl telefoniert und gefragt, ob er ein Telegramm des Herzogs Sylva-Tarouca vorlesen dürfe oder ob Ihre Erlaucht die Kenntnisnahme desselben bei Ihrer Ankunft in Wien am neunundzwanzigsten persönlich durchführen wolle. Selbstverständlich nicht, erwiderte Leonore Bühl irritiert, Lukas solle lesen, es handle sich doch wohl um eine Nachricht, die ihren Mann beträfe. Dem wäre so, antwortete der Kammerdiener und bat Ihre Erlaucht, zum

Anhören der Nachricht in einem Sessel Platz zu nehmen.

„Aber wieso denn, Lukas, was haben Sie denn, es wird ja kein Roman sein, den der Herzog da telegrafiert hat. Außerdem wissen Sie doch, dass der Apparat im unteren Flur angebracht ist und dass man vor ihm stehen muss, um in ihn hineinreden zu können!"

„Verzeihen bitte, Ihre Erlaucht, dass ich das vergessen hab, wo ich doch grad selber vor so einem Apparat steh!"

„Also, Lukas, bitte!"

„Also, Ihre Erlaucht, es ist kein Roman, es ist eine Nachricht, Seine Erlaucht, den Grafen Bühl betreffend."

„Bitt Sie, Lukas, so spannen S' mich doch nicht auf die Folter, ich bitt Sie inständig zu lesen!"

Das rasselnde Knacken in der Leitung nahm zu.

„So lesen S' doch bitte endlich, Lukas, sonst bricht die Verbindung ab, das hören Sie doch selber! – Lukas! – Lukas!"

„Ja, Ihre Erlaucht, ich kann Ihre Erlaucht noch hören, also …"

„Also!"

Nun musste Lukas Eybner die Nachricht vom tragischen Jagdunfall des Grafen Johann Bühl mit tödlichem Ausgang in den kleinen Messingtrichter des Telefonapparates vor sich hineinrufen, worauf er nichts als ein knackendes Rasseln zur Antwort erhielt.

„Frau Gräfin! – Erlaucht! – Ihre Erlaucht!"

„Ja, Lukas, ich höre Sie. Habe ich richtig verstanden, dass mein Mann bei einem Jagdunfall ums Leben gekommen ist?"

„Ja, Ihre Erlaucht!"

„Wann?"

„Vorgestern, am vierundzwanzigsten Dezember, Ihre Erlaucht!"

„Danke, Lukas! Ich werde morgen in Wien sein!"

„Sehr wohl, Ihre Erlaucht. – Befehlen sonst etwas, Erlaucht?"

„Der Sekretär von der Druckerei Huber&Lerner mög übermorgen vormittags bei mir vorsprechen für die Anzeigen und die Partes. Danke, Lukas, danke. Ende."

Sie hängte die Hörmuschel in den Messinghaken neben dem Sprechtrichter und hielt sich stützend mit beiden Händen an der Wand, um ihrem Schwindelgefühl nicht nachgeben zu müssen. Dann drehte sie sich vorsichtig um, glitt unter dem Telefonapparat in die Hocke, krallte die Finger ineinander und schob ihre Arme über den Kopf. Ihr

Blick verfing sich in dem weißgrauen Fugennetz des Plattenganges unter ihr. Sie wusste nicht, was sie denken sollte. Sie empfand keinen Schmerz. Es stiegen nur Erinnerungen in ihr auf, ein Gewirr von Erinnerungen, die wie Kaulquappen an eine Wasseroberfläche drängten. Ihre Hochzeit in der Michaelerkirche, die obligate Hochzeitsreise nach Venedig, wo im Danieli die Hochzeitsnacht vollzogen wurde. Vollzogen wurde. Ein mehr an Erinnerung dieses namenlos unzarten Vollzugs tauchte nicht aus ihrem Gedächtnis, vielleicht noch ein Gefühl von Ekel, ein Gefühl von Scham, das sich aber verlor, als sie das Bett verlassen, ihr Nachtkleid übergestreift hatte und barfuß über den wundervoll kühlen Terrazzoboden in den Salon der Dogensuite balancierte, sich den Rest von Champagner ins blau geränderte Muranoglas goss, mit der Flaschenserviette die Innenseiten ihrer Beine trocknete, ihre Oberschenkel gegen die Marmorbrüstung des Fensterbalkons drückte und in einem wie in die abnehmende Mondsichel gestanzten Silberlicht über das diamantsprühende Hafenbecken von San Marco gegen die Insel von San Giorgio Maggiore hin zu fliegen schien.

*

An diesem letzten Tag des Jahrhunderts wurde Wien von ungewöhnlich großen, völlig lautlos niederschwebenden Schneeflocken gleichsam mild und zärtlich umhüllt, auch die schwarze Madonna Am Hof erhielt das ihr zustehende Hermelincape, und der weite Platz vor dem Bühl'schen Palais schien seit dem späteren Nachmittag dem von allen erwarteten Neuen in Stille entgegenzuatmen. Keine Fußgänger mehr, keine Kutschen, keine Fiaker, keine Automobile, die den weißen Frieden stören wollten, der nur am Abend für etwa eine Stunde von den eintreffenden Gästen unterbrochen wurde, aber auch diese waren leise und ließen behutsam vorfahren, so, als wüssten sie, dass ihr Schicksal sie nur ein einziges Mal mit einer solchen Sylvesternacht beschenken würde.

Leonore Bühl hatte Anweisung gegeben, dass etwa fünf Minuten vor Mitternacht die Fenster geöffnet wurden und neuer Champagner serviert war, damit alle Gäste einander mit frischen Gläsern zuprosten konnten, wenn die Pummerin vom Stephansdom die Jahrhundertwende einläutete, was sie in diesem Augenblick mit ihrem alles umfassenden Orgelton begann, drei, vier wärmende, bergende Ewigkeitsklänge lang. Da aber über der flockenhellen Wiege Österreichs Hunderte von grellbunten

Feuerwerken zugleich explodierten, die mit dem Lärm von schweren Geschützen diesen ersten Nachthimmel des neuen Zentenniums unbarmherzig zerrissen, ließ Leonore Bühl die Fenster unverzüglich wieder schließen.

„Dorfschwalben aus Österreich“ hatte sich Crescence nun auch als ersten Walzer des neuen Jahrhunderts gewünscht, und wirklich, sie schien, kaum gehalten von den himmelblauen Armen ihres Mannes, wie eine Schwalbe in dieses hineinzufliegen. Die Geburt, unter der ihre schlanke Gestalt nicht im Mindesten gelitten hatte, schien sie nur schöner gemacht zu haben, leuchtender vielleicht, auch selbstverständlicher, wenn so etwas durch die Geburt eines Kindes überhaupt möglich war.

„Es ist meine Pflicht als Mutter“, begann Leonore Bühl, nachdem sie, um sich Gehör zu verschaffen, mit dem amaryllisgefüllten Kristallpokal auf dem Bösendorferflügel angestoßen hatte, „es ist meine Pflicht als Freundin, als Verwandte und als Mutter, euch alle mit der schmerzlichen Nachricht vertraut zu machen, dass Johann Bühl, mein Ehemann und Vater meiner Kinder, bei einem tragischen Jagdunfall am vierundzwanzigsten Dezember des gerade zu Ende gegangenen Jahrhunderts in Moçambique ums

Leben gekommen ist. Der Herr sei seiner Seele gnädig. Mit dem heutigen ersten Tag des neuen, des zwanzigsten Jahrhunderts, in dem Gott uns allen sein Erbarmen weiterhin erhalten möge, ist unser Sohn Hans Karl Chef des Hauses Bühl. Das Requiem wird am zehnten Jänner in der Josephskirche auf dem Kahlenberg stattfinden, daran anschließend die Bestattung im Bühl'schen Grab auf dem Josephsdorfer Friedhof, die Seelenmesse ist am zwölften Jänner in der Michaelerkirche. Die Partes und Einladungen hiezu sind heute auf die Post gegeben worden. Von Beileidsbekundungen bitte ich abzusehen, vielmehr bitte ich unsere fabelhafte Kapelle, die ‚Rosen aus dem Süden' anzustimmen, zu denen aber durchaus getanzt werden soll. – Darf ich bitten, Kari Bühl …"

MAI

Franz Stephan von Freudenberg torkelte wie ein Betrunkener die schmale Stiege das Café Landtmann hinunter ins Freie. Es war aus. Es war vorbei. Zwölf Stunden hatte er gespielt, Revanche um Revanche erbettelt und verloren, alles verloren. Zwanzigtausend Kronen wollte er gutmachen und sah sich gegen drei Uhr morgens einer Forderung von achtzigtausend gegenüber. Für die Zwanzigtausend, mit denen er gestern Nachmittag das Extrazimmer betrat, hatte er am Tag zuvor im Büro der Gutsverwaltung seines Bruders vor dem herbeigerufenen Familiennotar für sich und seine Nachkommen auf alle Ansprüche, die ihm testamentarisch zugefallen waren, verzichtet, ebenso auf sein Wohnrecht im Seitenflügel von Kottingbrunn, ebenso auf sein jährlich temporäres Wohnrecht in der Villa Sirènes auf Cap Ferrat. Jetzt blieb ihm nichts mehr, als die Mürzjagd zu setzen, die Mitgift seiner Frau, die sie nach der glücklichen Geburt ihres Sohnes Stani vor sechs Jahren auf ihn hatte übertragen lassen. Es wurde ein Papier erstellt, auf dem peinlich genau festgehalten wurde, dass der Besitz, der einzige, über den er noch verfügen konnte, der Tilgung seiner Spielschulden von achtzigtausend Kronen verfallen war, falls er verlieren sollte, unterfertigt von seinem Spielgegner und Bankhalter Baron Leopold von Lieben, ihm selbst und den noch anwesenden, aber am späteren gestrigen Abend ausgestiegenen Mitspielern, dem Banksekretär Emmerich Grünschnabel, dem Hof- und Burgschauspieler Balthasar Wrabic und dem Assistenzarzt Josef Sigwarter als Zeugen. Franz Stephan von Freudenberg war sich ganz sicher, dass es gut gehen musste! Es war noch immer gut gegangen, einmal mehr, einmal weniger, aber unter Zuhilfenahme der Apanage von der Grexi und den vergebenen Abschüssen von der Mürzjagd ist man immer noch so hingekommen, drei Mal sogar mit beträchtlichen Gewinnen, wovon er seiner Frau ein von Josef Hoffmann entworfenes und beim Hofjuwelier Köchert angefertigtes Collier um den Hals legen und das andere Mal einen Gräf&Stift Phaeton hat anschaffen können, den Crescence sogar in der Lage war, zu chauffieren. Nach so viel Unglück musste es doch am End das Glück einfach wieder gut mit ihm meinen, mit ihm, der keiner Fliege etwas zuleid tun konnte, dem Grafen Franz Stephan von Freudenberg, dessen Bub im Herbst in die Schule kommen würde, wenn ihm die Grexi nicht das Nötigste vom alten Neugebauer beibringen lassen würde, bis er vorbereitet wär, für die Schotten, fürs Theresianum oder fürs Akademische, das würde sich ja dann zeigen, wenn's soweit wär; mit ihm, dem k. u. k. Leutnant Freudenberg, bald Oberleutnant Seiner Majestät Kaiser Franz Josephs bei den Fünfzehnern, den ruhmreichen Bechtoldsheim-Dragonern! Und dem soll das Glück seinen Dienst verweigern? Ausgerechnet dann, wenn dessen ganzes Leben auf dem Spiel steht? Glück, das ist ein Befehl! Er würde es auch nie mehr in Anspruch nehmen, nie mehr! Nie mehr eine Karte anrühren! Ich schwör's, Glück, bei allem, was mir heilig ist, bei Seiner Majestät und beim Leben meiner wunderbaren Familie, Glück! Gott erhalte, Glück!

Als die alles entscheidenden Karten nebeneinander auf dem dunkelgrünen Filz lagen wie gefallene Soldaten auf einem Schlachtfeld, war es zu Ende. Von Liebens Taschenuhr schlug hastig fünf Mal ihr Silberglöckchen. Es war aus. Er stand auf, griff nach seinem Offiziersdegen, schloss die Koppel mit dem Doppeladler, knöpfte mit seiner mehr und mehr zitternden Rechten den himmelblauen

Uniformrock zu, setzte die Kappe auf, salutierte mit den Worten „Baron, es war mir ein Vergnügen“, wankte aus dem Spielzimmer und hörte ihm noch von Liebens helle Stimme wie die eines Hahns nachkrähen, „aber das Vergnügen war ganz meinerseits, Graf Freudenberg, ich hoffe, man sieht sich wieder einmal!“

Den zweiflügeligen Palast des Hofburgtheaters hatte er gar nicht wahrgenommen, erst als er das rotgoldene Lanzentor des Volksgartens durch einen Spalt passiert hatte, musste er sich, schwindlig von einer Wolke aus Rosenduft, auf einem der schier endlos dem Lauf der Rosenbäume folgenden dunkelgrünen Eisensessel niederlassen, was einen Gärtner veranlasste, sich ihm zu nähern, der aber angesichts seiner Uniformchargen angedeutet salutierend gegen den Theseustempel hin abbog.

Wie ein Schlafwandler tappte Franz Stephan von Freudenberg zwischen nie gesehenen Farbkaskaden an Hunderten Rosenstöcken entlang, bis ihn ein Monument zwang, aufzuschauen. Er las „Grillparzer“ über einem in Stein gehauenen, zwischen Säulen sitzenden Mann, ein Name, der ihm nichts sagte, bis er unter Marmorreliefs die Bezeichnungen „Die Ahnfrau“, „Der Traum ein Leben“

und „König Ottokars Glück und Ende" entzifferte. – König Ottokars Glück und Ende, das war doch das Theaterstück, in dem sich der Böhmenkönig Ottokar dem ersten Habsburgerkaiser, dem Rudolf, hat unterwerfen müssen, weswegen die Behm noch immer zu uns ghörn, und das sie einander haben vorlesen müssen, mit verteilten Rollen, im Theresianum, in der Unterprima, wochenlang, und er den Hornek:

Allein, was not tut und was Gott gefällt,
Der klare Blick, der offne, richt'ge Sinn,
Da tritt der Österreicher hin vor jeden,
Denkt sich seinen Teil und lässt die anderen reden!

Und den Schluss des Stücks, den haben sie immer gemeinsam sprechen müssen, nein, rufen müssen haben sie ihn, jetzt erinnerte er sich genau, und gern hat er ihn gerufen, voller Stolz: *Heil! Heil! – Hoch Österreich! – Habsburg für immer!*

Auf dem Heldenplatz, zwischen den rot und weiß und rot und weiß und rot erblühten Kastanien, schien der Erzherzog Karl, der erste siegreiche Feldherr gegen Napoleon, seine Fahne nur für ihn in den Himmel zu recken, ja, er schien ihm voranzustürmen in ein himmlisches Österreich, in dem es so nach Flieder riechen musste wie hier, im glorreichen irdischen. Und als er im Hof unter dem Denkmal von dessen Bruder, des Kaisers Franz, angesichts der lichttrunkenen Fensterlandschaft des Reichskanzleitraktes, hinter der die Arbeitsräume seines geliebten Kaisers lagen, staunend vor Bewunderung innehalten musste, rannen ihm Tränen übers Gesicht, die er aber nicht wegzuwischen wagte, weil ihm einiges frühes, über den vollkommen geschlossenen Prunkplatz eilendes Küchenpersonal sowie die in die noblen Geschäfte schwebenden Verkäuferinnen zuzulächeln schienen, während die Burggarde salutierte, aber nicht ihm, wie er merkte, sondern Seiner Majestät Kaiser Franz Joseph, der soeben zweispännig im offenen Landauer aus dem Kuppelschatten des Michaelertores tauchte. Leutnant Franz Stephan von Freudenberg lief überglücklich dem schwarzgelb glänzenden Wagen entgegen, verhielt einige wenige Schrittlängen von ihm und salutierte formvollendet, als Seine Majestät diesem an der Hand seines livrierten Beikutschers entstieg, ihm, seine weißbehandschuhte Rechte in die Nähe seiner schwarzen Kappe führend, zulächelte und durch das mittlere der drei Tore entschwand, während das Glöckchen der Burgkapelle die siebte Stunde dieses duftenden Maitages einläutete.

Er vermochte seinen Salut erst aufzulösen, als die kaiserlichen Apfelschimmel anzogen und den Franzensplatz wiederum durch die Durchfahrt des Michaelertores gegen die Hofreitschule hin verließen. Beim Demel bestellte er einen doppelten Cognac, den er von einem kleinen Türkischen begleiten ließ und draußen vor der Hof-Zuckerbäckerei trank, auf die weit geöffneten Arme des vor gar nicht so langer Zeit, wie er gelernt hatte, unter seinem geliebten Kaiser vollendeten Michaelertraktes zurückschauend, ehe er inmitten des menschenbewegten Kohlmarkts auf den Graben zuging, die golden aufschimmernde Pestsäule passierend, an der ihm bis zu dieser Morgenstunde noch nie aufgefallen war, dass unter dem inbrünstig betenden Kaiser Leopold die todbringende Seuche in Gestalt einer unsagbar hässlichen, ausgemergelten, alten Frau von einem frechen Engelbuben mit einer brennenden Fackel scheinbar mühelos in die Tiefen der Hölle gestoßen wurde.

Die gerade aufgesperrte Ladentüre des Verkaufsgeschäftes von Johann Springer's Erben musste er nicht selbst öffnen, weil sie von einem schiefergrau gekleideten Verkäufer aufgerissen wurde, der ihn unter einer angedeuteten militärischen Verbeugung mit „Habe die Ehre, Herr Leutnant, was steht zu Diensten?“ willkommen hieß.

„Für die Jagd, ein schönes Gwehr, und aufm neuesten Stand soll's halt sein“, formulierte Franz Stephan von Freudenberg nachlässig und drückte seine Visitenkarte wie einen Herzbuben auf den Verkaufstisch des k. u. k. Kammer- Lieferanten.

„Größte Verehrung, Herr Graf, es ist mir eine besondere Ehre, Ihrer Erlaucht das Beste präsentieren zu dürfen, womit unser Haus sogar das gütige Wohlgefallen Ihrer Kaiserlichen Majestäten Kaiser Franz Josephs von Österreich und Kaiser Wilhelms von Deutschland sowie auch unseres allseits verehrten Thronfolgers Erzherzog Franz Ferdinand-Este erringen konnte, allesamt ruhmreiche Waidmänner, wie Erlaucht sicherlich vertraut sein dürfte“, sprudelte der noch junge Mann angesichts der über dem Namen schwebenden, goldgeprägten Grafenkrone hervor, rollte einen dunkelroten Samtläufer über die glattpolierte Eichenplatte, entnahm dem kristallverglasten Waffenschrank ein Repetiergewehr, bettete es untertänig vor Franz Stephan von Freudenberg hin, richtete sich ruckartig auf, zwirbelte die rechte Spitze seines buschigen Oberlippenbartes über seiner vollen Backe in die

Höhe wie der Thronfolger und rief unverhältnismäßig laut, stolz auf die Waffe weisend: „Voilà, Herr Graf, le plaisir des empereurs!"

Franz Stephan von Freudenberg unterfasste das Gewehr mit beiden Händen, hob es in die Höhe wie eine Monstranz, betrachtete es bewundernd, schenkte dem Verkäufer ein anerkennendes Lächeln mit der Frage nach der richtigen Munition, die dieser mit dem Hinweis beantwortete, dass die Aufbewahrung für eine solche am besten in einem eigens für dieses wahrhaft kaiserliche Gewehr angefertigten Koffer des k. u. k. Hoflieferanten Würzl&Söhne von der Spiegelgasse gleich nebenan gegeben wäre, den Johann Springer's Erben in ihrer Stadtniederlassung, also hier, für dieses außergewöhnliche Stück, aber nur für dieses, anböten, worauf er sich umwandte, den Sockel des Waffenschrankes behutsam wie einen Tabernakel aufschlug und diesem einen schmalen Koffer in cognacfarbenem Wildschweinleder entnahm, den er geöffnet vor Freudenberg hinbreitete, die dafür ausgesparten Freiräume mit Munition bestückte und ihn nicht ohne Stolz mit „Voilà, Monsieur le Conte" auf das mit dunkelgrün schimmerndem Samt ausgeschlagene Futteral verwies, in das Franz

Stephan von Freudenberg sogleich die Waffe niedersenkte, zärtlich, wie ein neugeborenes Kind.

„Es ist uns eine ganz besondere Ehre, Herr Graf, wohin dürfen wir liefern?"

„Ich nehm's gleich mit, hab nämlich eine diesbezügliche Verabredung."

„Sehr wohl, Herr Graf."

Beflissen schloss der Waffenverkäufer den Koffer, stellte ihn auf, behielt aber die Hand am Griff und sah seinen Kunden an.

„Ah ja, die Rechnung lassen S' ins Palais Bühl überstellen, Am Hof, zu Händen Freudenberg, das Karterl haben S' ja."

Mit „Sehr wohl, selbstverständlich, Herr Graf, wie vergesslich meinerseits, bitt submissest um Pardon" gab der Verkäufer den Koffer frei, eilte zur Tür, riss sie auf, ließ den Grafen unter einer tiefen Verbeugung passieren, beobachtete noch, wie dieser sich in einen Fiaker fallen ließ, der wendete und den Graben in Richtung Bognergasse verließ.

Es ging hinaus, über die Liechtenstein- und die Nussdorfer Hauptstraße nach Nussdorf, zur Zahnradbahnstation, dorthin wollte Franz Stephan, um auf den Kahlenberg zu fahren. Er wusste nicht genau, warum, vielleicht wollte er die Wienerstadt noch einmal sehen, diese geliebte Stadt, vielleicht wollte er sich an die Ausflüge dorthin erinnern, die Ausflüge mit den Eltern, den Geschwistern, mit Crescence und dem kleinen Stani, er wusste es nicht.

Zu seiner Rechten das prunkende Liechtenstein-Palais. Mein Gott, da war er zweimal mit der Grexi eingeladen, einmal auf einen Faschingsball und einmal auf ein Sommerfest. Wie das war! Wie die Räume im Winter waren, und wie der Garten im Juni! Und wie der Flieder in die wunderbare Musik hineingeduftet hat, als er seine Frau ganz tief im Park hinten küsste, so sehr verliebt, wie er es noch nie getan hatte, auch vor der Hochzeit nicht, auch nach dem Buben nicht, nein, hier, an diesem Juniabend hatten sie sich geküsst, als wär's zum ersten und zum letzten Mal. Und wie sie dann zwischen den Fliederbüschen auf den Rasen gesunken sind, und wie das Zusammenkommen so leicht, so selbstverständlich ging, so wie nie davor und nie mehr danach …

Er kletterte die schmale Eisenleiter zu der Bank hinauf, die auf dem Waggondach der Zahnradbahn so befestigt war, dass man die Tallandschaft, der man langsam entzogen wurde, sich weiter und weiter auffächernd, genießen konnte. Nussdorf und Heiligenstadt, wo der Beethoven war, wie ihm seine Mutter immer erzählt hatte, die Wildgrube, über die er hinaufgegangen sei und seine sechste Symphonie, die Pastorale, geschrieben habe, die „Szene am Bach" … Aber das sagte ihm nichts, weil er die Pastorale nicht kannte, nur die Erzählungen seiner Mutter sagten ihm etwas, und plötzlich wurde ihm klar, dass sie ihm teuer waren, so teuer wie ein kostbarer Besitz, an den er sich aber bis heute niemals erinnert hatte, und er bedauerte zutiefst, dass er die Pastorale von Beethoven nicht kannte, weil er nie in den Musikverein mitwollte, wo er sie in den sonntagvormittäglichen Abonnement-Konzerten der Philharmoniker hätte kennenlernen können.

Im Kahlenberger Restaurant nahm er ganz vorne, dort, wo er auf die Stadt, auf sein geliebtes Wien, hinunterschauen konnte, einen Tisch, bestellte eine Grießnockerlsuppe, einen Tafelspitz und zum Dessert zwei Marillenpalatschinken, so wie es der Kaiser serviert bekommen haben wollte, immerzu, an jedem Tag in seinem langen Leben. Der Kaiser. Heut in der Früh hatte er ihn gesehn. Und der Kaiser hatte ihm zugelächelt, ihm, seinem Dragonerleutnant Freudenberg. Franz Stephan musste Tränen in die gestärkte Batistserviette drücken und wusste nicht, warum sie ihm so unvermutet aus den Augen stürzten. Vielleicht, dass die Grießnockerlsuppe zu heiß war, oder die Musik des Restaurantorchesters zu schön, fast zu sentimental, wie er sich einzureden versuchte.

„Erst wann's aus wird sein, mit aner Musi und an Wein, dann pack' ma d' sieben Zwetschgen ein, ehnder net", ergänzte er die Melodie mit den Textzeilen jenes Wienerlieds, das er mit seinen Mannschaftskameraden so oft beim Heurigen gehört, gelernt und dann weinselig mitgesungen hatte.

Aber es wird ja gar nicht aus sein mit der Musi, grad spielen sie ja „Lippen schweigen, s' flüstern Geigen" aus der Lustigen Witwe, die er vor einem Jahr mit der um seinen Schwiegervater dezimierten Bühl'schen Familie im Theater an der Wien gehört hatte … Und zur Rechnung, die er mit seinen letzten drei Kronen beglich, hatte er sich soeben noch einen Slibowitz und ein Viertel bestellt, und er könnte noch viele Vierteln bestellen bei dem großzügigen Trinkgeld, das er da auf dem kleinen Silbertablett liegen gelassen hatte.

Mit der Linken hielt er seinen Degen im Gleichgewicht, in der Rechten trug er, wie ein Hofbeamter, den kostbaren Koffer den schmalen Waldweg hinunter bis zum Josephsdorfer Friedhof, wo er ihn auf dem Grabstein seines Schwiegervaters öffnete, das kaiserliche Repetiergewehr herausnahm, lud, spannte und sich umsah. Die Kastanien blühten noch immer, die roten und die weißen, und der Fürst de Ligne lag da mit seiner Frau, einer Prinzessin von Liechtenstein, aber vor allem jene Karoline Traunwieser, das schönste Mädl des Wiener Kongresses, wie's heißt, die so jung an der Schwindsucht gstorben ist und in die ein Napoleonischer Offizier genauso unsterblich verliebt war wie ein berühmter Orientalist. Eine merkwürdige Sache, musste er immer denken, seit er das Grab auf der Beerdigung seines Schwiegervaters zum ersten Mal gsehn hat, was das wohl für ein Mädl gwesen sein muss … Und da unten, in der auslaufenden Brandung der Weinbergwellen, lag Wien, sein Wien, die mächtigste Residenzstadt Europas, die Hauptstadt seines Weltreichs. Er konnte den Stephansdom erkennen, die Kuppeln der Hofburg und, nicht weit davon, über einem grünen Flecken, das Belvedere-Schloss des ruhmreichen Prinzen Eugen.

Franz Stephan von Freudenberg war verwundert darüber, dass am Nachmittag noch immer, oder schon wieder, eine Amsel sang, als er sich auf die Grabeinfassung niedersetzte, den Lauf des imperialen Gewehres auf seinen Kehlkopf legte und den Schaft zwischen die Knie klemmte. Oben im Kahlenberger Restaurant begannen sie die „Weaner Madl'n“ zu spielen, und als ihn die von allen gepfiffene Melodie schier übermächtig aus dieser Welt zu locken schien, drückte er, während seine linke Hand die Waffe fest in der Kniespur hielt, mit einer winzigen Bewegung seines Daumens die kunstvoll ziselierte Sichel des Abzugs gegen den Anschlag.

SEPTEMBER

Als die Seelenstimme der Bühnengräfin zum zweiten Mal, und jetzt fast unhörbar, versuchte, ihrem eigenen Herzschlag davonzufliegen in eine Weite, in der all ihre Tränen über ihr Wissen um die Vergeblichkeit, die Endlichkeit ihrer Liebe, von der Wärme einer milden Sonne getrocknet werden würden, nahm Helene, ohne aufzusehen, wahr, dass sich ihr Vater, den Sessel rückwärts bewegend, ins Dunkel der Loge zurückschob, weil er weinte.

Bist für ewig du mir entschwunden, meines Herzens Seligkeit…

Das musste jene Arie gewesen sein, die ihre Mutter gehört hatte, bevor sie das Prager Deutsche Theater fluchtartig verließ, um mit ihr nur wenig später niederzukommen. Mehr als dreizehneinhalb Jahre war das jetzt her, aber ihr Vater hatte darauf bestanden, mit ihr diese letzte von Gustav Mahler vor seiner Demission als Hofoperndirektor dirigierte Vorstellung von „Figaros Hochzeit“ zu besuchen, damit sie für ihr ganzes Leben wisse, wie diese Mozartoper klingen müsse.

Leise sagt mir ein stilles Hoffen: wiederkehrt
die sel'ge Zeit, wiederkehrt die sel'ge Zeit,
wiederkehrt die sel'ge Zeit.

Helene hörte die Nachtigallenkoloraturen der betrogenen, an ihrer Liebe leidenden Frau, konnte aber den Blick nicht von diesem schmalen, dunkel gelockten, mit allen Nerven zitternden Mann wenden, der da, kraft seiner weit ausholenden Gesten, in einem vibrierenden Flug über dem Orchestergraben zu verharren schien wie ein Steinadler über einem paradiesischen Gebirgstal.

„Das ist die Loge vom Poldo Altenwyl", flüsterte Leonore Bühl so, dass es ihre noch immer schwarz gekleidete Tochter hören musste, indem sie sich äußerst interessiert auf die samtbezogene Brüstung beugte und mit ihrem geschlossenen Fächer die Blickrichtung anzeigte, „aber jetzt ist er plötzlich verschwunden."

Crescence beugte sich ebenfalls vor, sie entdeckte sofort jene hellhaarige, vielleicht gerade noch Mädchen zu nennende Erscheinung, die da wie im Fieber dem Dirigat Mahlers folgte, dennoch aber den Blick auf sich zu spüren schien, da sie plötzlich und wie irritiert drei Herzschläge lang herübersah, sich dann aber wieder ganz und gar dem Geschehen um jene

Kammerzofe überließ, die mit ihrer Herrin die Kleider getauscht hatte, um deren um sie werbenden Mann sowie ihren eifersüchtigen Bräutigam mit der Botschaft jener anderen Liebe zu heilen, die den Glauben an das Menschsein noch nicht verloren hat, weil sie die Verzeihung kennt, und die Vergebung.

O Himmel, was seh ich?
Verblendung, Verwirrung, kaum weiß ich, was Wahrheit,
was Schein, was wahr, was Schein!

In der ersten Sturmwelle des Schlussbeifalls verließ Crescence ihre Loge, lief über den noch leeren, weißgold tapezierten Gang und öffnete die Tür Nummer neun, hinter der sie die Gesuchten vermutete.

„Ihr verzeihts bitte, dass ich da so hereinplatz, aber die Mami hat euch entdeckt!" Sie musste fast rufen, um über den tobenden Bravo-Schreien des Publikums, das den unausweichlich sich vollziehenden Abschied seines geliebten Operndirektors nicht hinnehmen wollte, verständlich zu werden, „die Grexi is es, wir haben uns bei meiner Hochzeit gsehn, Onkel Poldo, und beim Begräbnis unseres Vaters am Kahlenberg …", aber da hatte Leopold von Altenwyl längst die Hand der jungen Witwe gehoben, sich über dieser verbeugt und einen Kuss angedeutet.

„Wir freun uns, dass du uns gesucht und auch gefunden hast, liebe Crescence, quelle belle surprise! – Und das ist meine Helen!“

Crescence von Freudenberg streckte Helene ihre mit schwarzer Spitze umschlossene Hand entgegen, über der das Mädchen knicksend mit „ich freu mich auch, Tant Crescence“ ebenfalls für die Dauer eines Handkusses verhielt.

„Es wär uns ein großes Vergnügen, wenn ihr unser kleines Souper drüben bei der Frau Sacher, mit deren Haus ich die Helen gern vertraut machen würd, beehren tätets. So wärn wir nur zwei, und jetzt freun wir uns, dass wir durch einen glücklichen Zufall vielleicht mehr werden könnten, ohne dich in irgendeiner Weise präokkupieren zu wollen, selbstverständlich.“

„Danke, Onkel Poldo, tausendmal, si doux de vous, das wird die Mami freun, und den Kari sicher auch, weil, wir sind nämlich drei!“, rief Crescence und stürmte aus der Loge, indessen der scheidende Dirigent und Direktor mit rhythmischen Mah-ler, Mah-ler-Chören immer wieder vor den bordeauxroten, in seiner Körperhöhe mit goldenen Kordeln und Quasten behängten Samtvorhang der Hofoper gerufen wurde.

„Das ist eine schöne und gänzlich unverhoffte Gelegenheit, dass dich die Bühls, mit denen wir, und das versteht sich ja fast von selbst, auch entfernt verwandt sind, für jetzt einmal so en passant kennenlernen können, und du sie, die Tante Leonore, deren Mann vor sieben Jahren bei einem tragischen Jagdunfall in Moçambique ums Leben gekommen ist, und ihre zwei Kinder, den Kari und die Crescence, die seit etwas mehr als einem Jahr eine verwitwete Freudenberg ist, du weißt, die aus Kottingbrunn", wurde Helene von ihrem Vater instruiert, als der Oberkellner eine Flasche Veuve Cliquot aus dem eisgefüllten Silberkübel hob, in eine Serviette wickelte, fast geräuschlos entkorkte, die fünf auf dem damastweiß eingedeckten Tisch in einer Reihe stehenden Kristallschalen behutsam mit leise zischendem Champagner füllte, vor die silbernen Platzteller stellte und sich nach Altenwyls Bemerkung „Danke, Herr Leopold, gekonnt wie immer" diskret entfernte.

„Ah, deshalb trägt sie Schwarz! Aber warum ist sie Witwe?", fragte Helene irritiert, „sie ist doch noch eine junge Frau!"

„Dreißig, höchstens zweiunddreißig vielleicht, vor sieben Jahren war ich auf ihrer Hochzeit in Hohenbühl."

„Und warum ist sie dann jetzt schon Witwe, Papa?"

„Das ist auch eine tragische Geschichte, Helen, eine andere, die ich dir einmal … Aber schau, da sind sie ja!", rief Leopold von Altenwyl aufstehend, ging Leonore Bühl entgegen, deutete eine Umarmung mit zwei Wangenküssen an, beugte sich über die Hand Crescence von Freudenbergs, umarmte Hans Karl, führte die Familie zum Tisch, wo sich die Begrüßung mit Helene wiederholte, bis die Plätze unter einem, den vollbesetzten, herbstbraun leuchtenden Speisesaal wie eine leise Brandung durchflutenden Gemurmel, das von den aus der Halle hereinwehenden „G'schichten aus dem Wienerwald" gedämpft wurde, eingenommen waren, Leopold von Altenwyl an der Stirnseite, Leonore Bühl zu seiner Rechten, Crescence von Freudenberg zu seiner Linken, Hans Karl neben seiner Mutter, Helene ihm gegenüber.

Nachdem man die Gläser gehoben und auf den von Crescence ausgebrachten Toast „Auf den glücklichen Zufall unseres unverhofften Wiedersehens!" getrunken hatte, setzte Helene ihre blitzende Schale, von der sie nur genippt hatte, behutsam auf die schneeweiße Tischfläche, nahm die mit schwungvoller Hand geschriebene Karte zur Hand und vertiefte sich, um für einige Augenblicke nicht aufschauen zu müssen, in die Menüfolge,

Le 22.IX.07

Huitres
Bouillon
Truites bleue s'ce hollande
Boeuf bruille garni
faisons flanque
Des Cailles
Salade – Compotes
Parfait au chocolat
fruits
fromages

Anna Sacher,

als sie Hans Karl „Magst du Austern?“ fragen hörte.

„Ich?“ Sie sah auf, und ihr Blick verfing sich in den blauen Pupillen ihres Gegenübers.

„Ja, du. Ich bring sie nämlich nicht hinunter.“

„Ich auch nicht, glaub ich, aber ich hab's auch noch nicht versucht. Aber der Papi, der mag sie, sehr, glaub ich. – Nein, ich weiß es, weil er einmal, wo wir in Paris waren, gsagt hat, dass er sich freut, weil das die besten sind, und weil man das Meer gleich mitessen tät …"

„Weil man das Meer gleich mitessen tät?"

Helene fühlte, wie eine heiße Welle in ihr aufstieg, die sie zu überspülen schien. Woher, woher kam diese Welle, musste sie denken, und warum glühten ihre Wangen so, genauso wie damals, als sie der Menghofer Anna gesagt hat, dass sie komplett spinnt, weil die nicht davon heruntergestiegen ist, dass sie weiß, dass sie eh ein Komtesserl ist, das in an Paläh in der Herrngassn wohnt und nur so tut, als würd sie Lena Alt heißen. – Aber jetzt, jetzt hat sie ja nicht gelogen, jetzt hätte sie doch gar nicht rot werden müssen …

„Weil das Meer der Ursprung von allem Leben ist, hat der Papa noch dazugesagt …"

Und sie hörte ihren Vater wie durch einen Schleier vom Sacré Coeur reden, und wie gut er die Schule fand, und wie viel sie dort lernen würde, und sie hörte Crescence begeistert von ihrem Sohn Stani erzählen, der das Theresianum besuchte, und wie fabelhaft sich doch diese ehrwürdige Institution noch immer bewähren würde, und sie schämte sich fürchterlich und wollte nur hinauslaufen, den

Blicken der zwei Frauen davonlaufen, aber da waren die Austern längst übersprungen, und während die anderen weiterredeten und sich so viel zu erzählen hatten, nur Hans Karls Stimme hörte sie nicht, oder ganz selten, nahm sie von der klaren Suppe nur ein paar Löffel, und von der blauen Forelle nur zwei Gabeln und fast nichts von dem gekochten Rindfleisch, nur vom Gemüse ein wenig und vom Fasan ein kleines Stück, und auch die Wachtelbrüstchen ließ sie unberührt.

Erst als sie das Schokoladenparfait wie eine bittersüße Wolke auf ihrer Zunge zergehen fühlte, nahm sie einen Schluck von ihrem noch immer gefüllt vor ihr stehenden Champagnerglas, um den ihr sofort zuprostenden jungen Mann mit den blauen Augen zu fragen, ob er denn und, wenn dem so wäre, was er denn studiere.

„Doch, ja, durchaus, wenn auch nicht mit dem nötigen Eifer: Forstwissenschaften und Verwaltungswesen, weil das halt sein muss, vor allem wegen allem, was mit Hohenbühl zusammenhängt – und Philosophie, wofür ich mich fast ein bissl genier, wenn du das verstehen kannst."

„Kann ich eigentlich nicht verstehn, pardon, weil ich auch Philosophie studiern werd; alles andere is uns ja als weiblichen Personen auf der Welt verschlossen, und ich freu mich schon drauf …"

„Vielleicht nimmer lang. – Hoffentlich nimmer lang!"

„Hoffst du das wirklich?"

„Ja, und ich werd mit meinem ererbten, seltsamen Sitz im Herrenhaus alles dafür tun, dass sich das ändert."

„Was soll sich denn ändern deiner Meinung nach?"

„Ziemlich viel, aber vor allem, dass die Frauen endlich auch das machen dürfen, was sie schon seit Urzeiten tun."

„Und was wär das, deiner Meinung nach?"

„Alles, einfach alles."

Helene ließ ihn nicht aus den Augen, auch nicht, als er mit einer lässigen Geste dem Kellner bedeutete, ihr Glas nachzuschenken.

„Gfallt dir die Musik, die da gspielt wird?"

„‚Bei uns z'Haus' vom Strauss? Na ja, schon, aber ‚bei uns z'Haus', das is für mich immer noch Prag und Böhmen, weil ich da zur Welt hab kommen dürfen, und da gibt's einen Walzer in einer Symphonie vom Antonín Dvořák, und der is mir, glaub ich, der liebste Walzer, den ich kenn jedenfalls."

„Vielleicht dirigiert den ja der Mahler einmal im Musikverein, und dann darf ich dich bitten, dass du vielleicht mit mir hingehst, damit ich ihn kennenlern, deinen Walzer."

„In nächster Zeit dirigiert der Mahler aber nicht mehr im Musikverein, weil er nach Amerika geht."

„Aber, glaubst nicht, dass wir das erwarten können, bis er wieder da ist, weil uns die Zeit nicht davonlauft?"

OKTOBER

„Darf ich bitten, sich weiter zu bemühen, Graf Bühl, Seine Kaiserliche Hoheit erwartet Sie bereits – von Brosch-Aarenau, Flügeladjutant seiner Kaiserlichen Hoheit Erzherzog Franz Ferdinand von Österreich-Este."

Der schmale Mann in seinem kobaltblauen Uniformrock streckte Hans Karl Bühl seine weiß behandschuhte Rechte entgegen, die dieser kurz annahm, dann aber vor dem am Kragenspiegel als Major kenntlichen Leiter der Militärkanzlei des Erzherzog-Thronfolgers salutierte.

Er folgte ihm durch maronendunkle Marmorportale, deren nussbraun schimmernde Türflügel von schwarz-gold livrierten Dienern lautlos geöffnet und hinter ihnen ebenso lautlos wieder geschlossen wurden. Der barocke Prunksaal, den er betrat, war leer bis auf zwei riesige Bureau-Plats, deren eines aktenüberhäuft vor den Fenstertüren gegen den Garten hin stand, das andere aber, nur mit einer Füllfeder auf einem Stoß Papier und einer silbernen Aschenschale bestückt, diesem auf dem in metergroßen Quadern verlegten Marmorboden gegenüber platziert war.

Hinter einer Wolke von Zigarrenrauch bot ihm der in marineblauer Generalsuniform adjustierte Thronfolger einen Sitz an und ließ sich, nachdem Hans Karl salutiert hatte, auf einem weißgoldenen Barocksessel nieder, in dessen Gegenstück Hans Karl Platz nahm. Er hatte nicht um diese Audienz gebeten, er war von höchster Stelle quasi dazu beordert worden, ging es ihm durch den Kopf, als von Brosch-Aarenau nochmals seinen vollen Namen nannte.

„Es ist mir berichtet worden, dass Er im Herrenhaus nun schon zum dritten Mal das Wort ergriffen hat, um über das friedliche Zusammenleben unserer Nationen zu referieren. Ist Ihm das ein Anliegen, Bühl?"

„Ja, Kaiserliche Hoheit."

„Warum, Bühl?"

„Weil ich, Aurel Popovici folgend, auch zu der Überzeugung gekommen bin, dass ohne die Föderation der Nationen in einem noch zu schaffenden Gebilde der Vereinigten Staaten von Groß-Österreich das Reich und die Reichsidee zugrunde gehen werden, Kaiserliche Hoheit."

„Bravo! Hört Er das, Aarenau? Wir werden also mehr! Wenn wir schon im Herrenhaus Verbündete haben! – Verzeih Er bitt schön, Bühl, dass wir in diesen Sachen so nachlässig sind, aber dürfen wir Ihnen etwas anbieten, Liqueur, Cognac, Port, Sherry, Zigarre, Zigarette, Virginia, Trabuckerl?"

„Danke vielmals, Kaiserliche Hoheit, aber so früh am Vormittag ..."

„Dann lassen S' halt wenigstens ein Glasl Champagner bringen, Aarenau, damit wir nicht so auf dem Trockenen sitzen müssen, und für sich auch etwas, und für mich einen Cognac! – Den Popovici haben Sie also gelesen! Wie ist Er denn auf den gekommen, mein engster Mitarbeiter übrigens, wenn ich das fragen darf?"

„Das war ein Lehrer in der Schule, Maturaklasse, Pater Lorenz hat er gheißen, ist leider schon verstorben, Kaiserliche Hoheit."

„Welche Schule? In Wien kann das nämlich nicht gwesen sein."

„Es war in der Stella Matutina in Feldkirch, Kaiserliche Hoheit."

„Natürlich, die Stella Matutina! Die Jesuiten! Da hört Er's wieder, Aarenau, was ich immer sag, auf die Jesuiten ist Verlass, wenn's um größere Gedanken und Zusammenhänge geht, wir sollten sie in unser Schiff holen, wir brauchen für unsere

Flotte gerade solche Geister, wie sie die Jesuiten haben!“

„Sehr wohl, Kaiserliche Hoheit, jedenfalls. Zum Universitätsplatz haben wir schon Verbindungen aufgenommen“, bemühte sich Alexander von Brosch-Aarenau festzustellen, während ein serviettenbelegtes Silbertablett mit den Getränken geräuschlos an den Rand der intarsierten Küstenlandschaft des Schreibmöbels gestellt wurde.

„Auf die Vereinigten Staaten von Groß-Österreich also, meine Herren“, rief der Thronfolger animiert, erhob sich, den Cognacschwenker in der Hand, wartete, bis ihm die anwesenden Herren mit Champagner zugeprostet hatten, trank einen großen Schluck und setzte sich wieder.

„Fünfzehn Staaten, und ein jeder dieser Staaten mit seiner eigenen Verfassung, seiner eigenen Regierung, seinem eigenen Parlament und, sehr wichtig, seiner eigenen Sprache, und alle unter dem Dach von Groß-Österreich, in dessen übergeordneter Verwaltung das für alle gültige Finanzwesen, das Justizwesen, das Verkehrswesen und die Armee liegen“, schwärmte Erzherzog Franz Ferdinand, „eben die Vereinigten Staaten von Groß-Österreich! – Nur so werden wir überleben und nur so kann dieses Riesenreich, diese große und vielfältige Völkergemeinschaft zusammengehalten werden, glauben Sie nicht, Bühl?"

„Davon bin ich zutiefst überzeugt, Kaiserliche Hoheit, aber ich wagte nicht zu hoffen, dass ein so großer und mehr als sinnfälliger Plan von unserer künftigen Majestät verwirklicht werden würde."

Der Thronfolger schnellte vor. „Wir brauchen Menschen wie Sie, Bühl! Er stammt aus einer unserer vornehmsten und ältesten Familien, Er hat seinen Sitz im Herrenhaus. – Möchte Er Minister werden? – Wir könnten das lancieren, wir könnten Sie in eine der ständig wechselnden Regierungen sozusagen hineinschmuggeln, damit Er ein bissl den Boden bereiten kann für das, was kommen wird, sicher kommen wird, so wahr ich lebe. – Ich werde auch den Eid auf die ungarische Verfassung nicht ablegen. – Sie schaun, Bühl, aber ich kann alles wagen! Und wissen Sie, warum? Weil ich nicht an meine Kinder als Nachfolger denken muss, weil die ja von der Thronfolge ausgeschlossen sind, wie Sie vielleicht wissen. ‚Morganatische Ehe' nennt man das. – Ja, Bühl, im Ernst, die Doppelmonarchie ist vorbei, k.u.k. muss vorbei sein. Es gibt nur eine Monarchie, wenn es die Vereinigten Staaten von

Groß-Österreich geben soll, und ich werde ihr Kaiser sein. – Aber das muss vorbereitet sein, Bühl, von den verschiedensten Seiten her und von den verschiedensten Menschen muss das vorbereitet sein, von Menschen wie Sie, Bühl – Bühl!“

Dreimal hörte Hans Karl das Echo seines Namens durch den Marmorsaal hallen, aber er konnte den Blick nicht von der Lichtinsel heben, die eines der Kuppelfenster auf die Schreibplatte legte, und die ihn schwindlig machte, so schwindlig, dass er die Augen schließen und sich zurücklehnen musste. Und dann wurde es still um ihn, so still, dass er glaubte, allein unter der Apotheose des Prinzen Eugen zu sitzen, ohne den Thronfolger und ohne den Flügeladjutanten.

Als er ein feucht-kühles Tuch um seine Stirne gelegt fühlte, hörte er von Aarenau mit milder Stimme „Graf Bühl, Graf Bühl! Gehn S’, sein S’ so gut und trinken S’ das, das wird Ihnen guttun“ trösten. Er schlug die Augen auf und fand sich mit dem Major allein, aus dessen Hand er das Wasserglas annahm und austrank.

„Bitt um Entschuldigung, es ist mir besonders …“

„Sie müssen nix sagen, Graf Bühl, es ist alles in der besten Ordnung. Seine Kaiserliche Hoheit, die

die allergrößten Sympathien für Sie hegt, hat hinuntermüssen in die Kanzlei zu einer Besprechung mit seinem Generalstab. Sie mögen das Angebot seiner Kaiserlichen Hoheit in aller Ruhe überlegen und uns dann freundlicherweise eine Nachricht zukommen lassen. – Und jetzt bitte ich Sie, mich zu entschuldigen, weil ich auch zum Generalstab muss. – Sie lassen sich Zeit, Graf Bühl, und genießen vielleicht noch ein wenig die Aussicht auf unser Wien, die schönste, die wir haben. Wir sind ja nicht umsonst im Bel-vedere. Empfehle mich."

APRIL

Mir ist zumut,
daß ich die Schwäche von allem Zeitlichen
recht spüren muss.

Leonore Bühl trafen diese Worte in ihrem Innersten, die Worte einer Frau, die da ihrem jungen Geliebten zu erklären versuchte, dass sie sich alt werden fühlte, und sie war berührt von den schwebenden, in sich zerbrechenden, kaum zu haltenden Klängen, auf denen diese Worte daherkamen,

wie man nichts halten soll,
wie man nichts packen kann,
wie alles zerlauft zwischen den Fingern,
alles sich auflöst, wonach wir greifen,
alles zergeht wie Dunst und Traum.

„Der Rosenkavalier" hieß die Oper, in der sie mit ihrem Sohn, ihrer Tochter und ihrem Enkel Stani saß, der Einladung des Ehepaares Todesco folgend, weil ein persönlicher Brief der Gastgeberin Walburga von Todesco beilag, in dem ihr diese „unbekannterweise" die Avance mit ihrer Anwesenheit bei dem tödlichen Jagdunfall ihres Mannes vor zwölf Jahren in Moçambique zu erklären versuchte.

Die Zeit, die ist ein sonderbar Ding.
Wenn man so hinlebt, ist sie rein gar nichts.
Aber dann auf einmal, da spürt man nichts als sie.

Leonore Bühl musste ob dieser Worte die Hand ihres Sohnes berühren, der sie sogleich umschloss und seiner Mutter in die Augen sah, länger als ein Sohn seiner Mutter während einer Opernvorstellung in die Augen zu schauen pflegte, so, als würde er begreifen, dass der Text und die Musik sehr nah mit ihr verbunden wären, so, als würde er die Verbindung zwischen Worten und Harmonie verstehen, als würde er plötzlich verstehen, was Musik und was Dichtkunst war und wie diese zusammenhingen.

Konrad Eduard und Walburga von Todesco
bitten
I.E. Eleonore Gräfin Bühl
S.E. Hans Karl Graf Bühl
I. E. Crescence Gräfin von Freudenberg
S. E. Stanislaus Graf von Freudenberg
am 8. April 1911 um 19 Uhr in die k.u.k. Hofoper
zur
Wiener Premiere der Komödie für Musik in drei Aufzügen

Der Rosenkavalier
von Hugo von Hofmannsthal, Musik von Richard Strauss
mit
anschließender Rosenkavalier-Soirée im Palais Todesco, die der Dichter mit seiner Anwesenheit beehren wird.

Durch einen geheimnisvollen und völlig unerklärlichen Umstand, wie sie später beim Diner berichtete, war es Leonore Bühl möglich, aus dem Schlussterzett dreier Frauenstimmen die Worte der Fürstin, jener von ihrem jungen Liebhaber verlassenen Frau, herauszuhören und sich zu merken, sodass sie diese Worte zu ihren von diesem Abend an geltenden Lebenssätzen erklärte:

Es sind die mehreren Dinge auf der Welt,
so, daß sie eins nicht glauben tät',
wenn man sie möcht' erzählen hören.
Alleinig wer's erlebt, der glaubt daran und weiß nicht wie –

Walzerklänge, den ganzen Palast durchhallende Walzerklänge aus dem Rosenkavalier, als Hans Karl seine Mutter, gefolgt von Crescence und ihrem Sohn Stanislaus in das überdimensionierte Vestibül des neu erbauten Renaissancepalais vis-à-vis des Bühneneingangs der Hofoper geleitete, wo sie sofort erkannt, mit Champagner begrüßt und an den Tisch mit der Nummer eins, „Erlaucht Gräfin von Freudenberg und Erlaucht Graf von Freudenberg bitte zum Tisch Nummer vier, bequem über die Stiege zu erreichen gleich über den Gesellschaftssalons im Mezzanin", zum Diner gebeten wurden, das in etwa einer halben Stunde begänne.

Leonore Bühl fühlte sich in dem von Stimmen gefluteten Raum an den Musikvereinssaal erinnert, an die bordeauxroten Säulen, die Karyatiden, selbst die Giebel-Reliefs ließen sie an den Musiktempel denken, aber sie bedauerte, dass es ihr unmöglich war, den Walburga von Todesco an der runden Tafel, „Artustafel" musste sie denken, gegenübersitzenden Hugo von Hofmannsthal, der trotz heftigster Akklamation nicht vor dem Vorhang der Hofoper erschienen war, zu verstehen, und der jetzt leise und sehr angelegentlich mit seiner Tischnachbarin Yella Oppenheimer sprach, der Tochter des Palasterbauers, während ihr Sohn Felix mit Gerty, der Frau des Dichters, konversierte.

Zum Dessert *Glaces aux framboises et au caramel* tauschte die Hausherrin mit ihrem Mann die

Plätze, um sich an Leonore mit den Worten „Ich bin die Burgi Todesco, die Schwester vom Erwein, Erwein von Arnstein“ zu wenden.

„Das – freut mich, dich kennenzulernen, Burgi. – Ich darf doch Du sagen, wir sind ja unter uns“, stammelte Leonore Bühl in den Walzer, dessen unterlegten Text *Mit mir, mit mir, keine Nacht dir zu lang* sie als unsagbar peinlich empfand, als würde er sie von der Tafel wegspülen, irgendwohin, in einen Strudel hinein, dem sie nicht und niemals mehr zu entkommen glaubte.

„Ich möcht dir was sagen, natürlich, weil's mich umtreibt, aber auch, weil's mit dem Werk, das wir heut haben erleben dürfen, so viel zu tun hat: *Es sind die mehreren Dinge auf der Welt, so, daß sie eins nicht glauben tät'*. – Darf ich dir was bringen lassen, Kaffee, Wasser, ein Digestiv?“

„Nein danke, vielen Dank! Aber sag mir doch jetzt bitte, was du mir hast sagen wollen.“

„Was soll, was will, was muss ich sagen: Ich war's, die deinen Mann erschossen hat, damals, bei der Sylva-Tarouca-Jagd in Moçambique, auf der sich plötzlich die Gelegenheit dazu ergeben hat. Ich hab ihn erschossen, einfach deshalb, weil er meinen Bruder, deinen Freund, erschossen hat, völlig sinnlos weggeschossen hat er ihn aus der Welt, kaltblütig ermordet hat er ihn, erbarmungslos, ohne auch nur einen Funken von Mitleid, ohne jeden Sinn und Verstand, blindwütig wie ein Tier, der Herr Graf Johann Bühl. – Und du kannst jetzt aufs Kommissariat gehn, und ich werd's nicht leugnen. Das ist, was ich dir sagen wollt, heute, bei diesem Ereignis."

Leonore Bühl musste schweigen. Sie konnte nichts erwidern, da waren Walzerklänge und ein Stimmengewirr, und ihr Sohn war so weit von ihr, so weit, obwohl er neben ihr saß, aber er redete mit jemand anderem, mit einer anderen Dame, einer Dame, die sie nicht kannte.

„Und dann muss ich dir, du verzeihst mir bitte, noch etwas sagen, Leonore, nur, damit du das auch weißt: Der Spielgegner deines Schwiegersohns Franz Stephan war mein inzwischen schon sehr betagter Schwager Leopold von Lieben, er sitzt dahinten, aber das war keine Rache, das hat sich nur ganz zufällig und nicht beabsichtigt so ergeben." –

„Dank dir, Burgi, aber du verzeihst, das ist jetzt ein bissl viel für mich, und deshalb erlaubst du mir bitte, dass ich mich jetzt verabschied, als Freundin, als Freundin! – Und dank dir für das alles hier, für den wunderbaren Abend, und leb wohl, leb wohl, aber bitt mich jetzt zu entschuldigen, weil es doch ein bissl viel für mich war. – Kari, bitte! Kari! – Mein lieber Kari, darf ich Ihn bitten, mich heimzubringen?“

*

Hans Karl hatte seine Mutter noch am selben Abend hinausgefahren, hinaus nach Hohenbühl, wo sie unbedingt hinwollte, um allein zu sein, und war dann am frühen Morgen wieder in Wien.

Sie hatten kaum gesprochen unterwegs, nur das Nötigste, Leonore hatte ihren Sohn fast beiläufig darüber informiert, dass es Walburga von Todesco war, die seinen Vater bei einer Krokodiljagd in Moçambique erschossen hatte, als Vergeltung für dessen Duell-Ermordung ihres Bruders, der für eine Zeit ihr Liebhaber war. Das hatte sie so dahingesagt, immer dann, wenn es das Motorengeräusch des Phaeton zuließ.

„Lass Er mich, mein geliebter Bub, und hab Er keine Angst um mich. Ich bin nicht allein, die Helmi ist da, und die Leut von der Wirtschaft, und die Leut von der Jagd und vom Forst. Jetzt sei Er gut, Er kennt mich doch! Wer, wenn nicht Er, Kari, mein geliebter Kari!“

Sie ging herum in dieser Nacht, ruhelos, durch die ungeheizten Säle, die Gänge, die Zimmerfluchten, und war froh, sich über der Abendtoilette in ihren Zobelmantel hüllen zu können. Vinzenz hatte den Kamin in der Sala Terrena befeuert, sie löschte das elektrische Licht, ließ sich in einem schmalen Fauteuil vor den astlangen lodernden Buchenscheiten nieder und starrte in die mächtiger werdenden Flammen.

Warum hatte ihr Walburga Todesco das alles gesagt, jetzt, nach zwölf Jahren? Es bestand kein Anlass dazu. Also hatte sie die ganze Familie, oder das, was von ihr noch übrig war, nur deshalb zur Rosenkavalier-Premiere eingeladen, um ihr zu sagen, dass sie die Mörderin ihres Mannes ist, dass sie ihren Bruder gerächt hat, der ihr Liebhaber war und den ihr Mann deshalb im Duell erschossen hat. Aber warum hatte sie es jetzt erst gesagt, nach zwölf Jahren?

Ein Ringelspiel mit bunten Figuren begann sich in ihrem Kopf zu drehen, da saß der Greis von Lieben an einem Spieltisch, ihr himmelblauer Schwiegersohn kniete vor ihm und legte das Gewehr an seinen Hals, Johann Bühl im Frack zielte auf

Erwein Arnstein, die Grexi drehte sich in ihrem weißen Hochzeitskleid wie eine Spielpuppe zu den blechernen Walzerklängen von „Rosen aus dem Süden“, die ein Johann-Strauß-Android auf einem Orchestrion dirigierte, und sie selbst kreiselte als trauernde Witwe mit ausgebreiteten Armen in der Mitte des Karussells.

Leonore Bühl stand auf, ging in den Weinkeller, nahm eine Flasche ihres Lieblingsweins aus einem der gemauerten Regale, entkorkte sie vorsichtig in der Küche, ließ den Burgunder behutsam in eine Kristallkaraffe fließen, stellte diese zusammen mit einem hauchdünnen Wasserglas von Lobmeyer auf die Refektoriumstafel in der Halle, begab sich nach oben in ihren Schreibsalon, wo sie eine mit venezianischem Papier tapezierte Mappe und ihre Füllfeder an sich nahm, um sie unten, dem Kamin gegenüber, vor den Wein zu legen, einen der fünfarmigen Leuchter anzuzünden, das Glas zu füllen, zu trinken und mit dem Brief an ihre Kinder zu beginnen:

Meine innig geliebte Grexi, mein innig geliebter Kari!

Alles zerlauft mir zwischen den Fingern, alles löst sich auf, alles zergeht wie Dunst und Traum, hab ich gestern Abend in der Oper gehört und dabei zutiefst begriffen, dass der, der das geschrieben hat, um eine ganz geheime, aber immer praesente Wahrheit wissen muss, an der er uns da teilhaben lasst.

Ja, alles, mein Leben, zerlauft mir zwischen den Fingern, es löst sich auf, es zergeht wirklich wie Dunst und Traum. Ich seh die Kerzen da vor mir brennen, aber in mir seh ich sie schon ausgelöscht. Was ich sagen möcht, ist, dass ich jetzt gehen werde, weg aus dieser Welt, weil, es ist mir gestern Abend, als mir die Walburga Todesco das alles erzählt hat, alles, was mit dem Tod von Eurem Vater zusammenhängt, klar geworden, dass ich den Anlass zu dem allen gegeben hab, weil ich ihren Bruder geliebt hab, und hätt ich das nicht getan, dann hätte ihn Euer Vater nicht im Duell ermordet, und dann hätte die Walburga Euren Vater nicht erschossen. Also bin ich der Anlass; und deshalb möcht ich jetzt weggehn, nimmer da sein. In einer Welt, in der so viel Unrecht geschieht, bloß, weil es zu viele Regeln gibt von Ehre und Rache und Vergeltung, da ist kein Platz für mich, das ist mir ganz klar geworden.

Also, meine geliebten Kinder, lebts wohl, habts Euch lieb und behaltets vielleicht auch mich in einer lieben Erinnerung, so wie ich Euch als das Kostbarste mit hinübernehm, was mir dieses Leben geschenkt hat, und dabei weiß ich gar nicht, wohin hinüber, jedenfalls in etwas anderes.

In unendlicher Liebe

Eure Mami

PS: Den Amor vom Kamin und die Flora werdets Ihr in meinem Mantel finden, die helfen mir vielleicht beim Untergehn, und den Schmuck, den ich an mir ghabt hab, er liegt aufm Tisch, den bitt ich die Grexi anzunehmen, und alles andere findets Ihr eh in meinem Testament, das auch noch einmal beim Dr. Winkelhofer liegt. Und dann hoff ich noch, dass mein Anblick nicht zu grauslich wird, aber schießen, erschießen, das wollt ich mich wirklich nicht.

Sie schloss die Füllfeder, entkleidete sich ihres Schmucks, legte die Stücke nebeneinander auf die dunkle Eichenplatte, füllte ihr Glas, und der Chapelle-Chambertin schmeckte Leonore Bühl nie besser als in dieser vorösterlichen Morgenstunde.

Dann weitete sie die Taschen ihres Pelzmantels mit einem Tranchiermesser, versenkte die Marmorfiguren von der Kaminapsis darin, verließ den Saal durch eine der Fenstertüren und wanderte im ersten Tageslicht am Teich entlang zu Ihrer geliebten Diana, an die sie sich lehnte, um deren Nähe noch einmal zu spüren, ehe sie sich über die vermooste Sandsteintreppe Stufe für Stufe dem Tod entgegentastete. Auf der letzten verhielt sie, weil ihr das Eiswasser die Oberschenkel so sehr zusammenschnürte, dass sie nicht weiterkonnte, aber Amor und Flora zogen sie so unhaltbar nach unten, dass sie der Last nachgeben und sich auf die Treppe niederziehen lassen musste. Ihr Herzschlag stockte, setzte aus, begann wie wild zu pochen. Sie schnappte nach Luft, drohte zurückzusinken, unterzutauchen, da befreite sie sich nach der Ewigkeit qualvoller Sekunden aus ihrem Mantel, stand mit der letzten ihr noch verbliebenen Kraft auf, schleppte ihn noch auf den Rand des Weihers, ließ ihn dort fallen und wankte dem Schloss entgegen, wo sie sich ihres triefenden Abendkleids entledigte, sich in ein Plaid hüllte und zitternd das dampfende Vollllaufen der Marmorwanne erwartete.

Am Morgen dieses Palmsonntags telefonierte sie nach Wien, ließ Lukas nach dem üblichen Gottesdienst in der Michaelerkirche zurückrufen, um ihm den Auftrag zu erteilen, unbemerkt von ihrem

Sohn und dem Haus, auf unbestimmte Zeit für sie eine Suite im Hotel Quarnero zu reservieren, das Schlafwagenbillet zu besorgen, sie dann mit dem Chauffeur, aber dem Jakub, in Hohenbühl abzuholen und zum Südbahnhof zu bringen. Sie erwarte seine telefonische Depesche möglichst umgehend, weil sie schon die Osterfeiertage in Abbazia zu verbringen gedenke.

OKTOBER

Hans Karl Bühl hatte zugesagt, weil ihm die überraschende Einladung zur Vermählungsfeier von Erzherzog Karl mit Prinzessin Zita von Bourbon-Parma im Schloss Schwarzau von seinem Schulfreund Sixtus von Bourbon-Parma mit der beigelegten Grußkarte *Es würd uns alle sehr freuen, lieber Kari, wenn Du kommen könntest. Ich war bei der Hochzeit Deiner Schwester eingeladen, so tu uns doch bitte die Liebe und komm auch zur Hochzeit meiner Schwester. Von Herzen immer dein Sixtus* zugestellt worden war, schon im Juli, kurz nach der Verlobung des Thronfolgerpaares in der Villa Pianore bei Lucca, dem italienischen Sitz der Brautfamilie.

Er ließ sich von Jakub schon um vier Uhr morgens von Wien hinaus nach Niederösterreich fahren, um dem Rituel d'arrivée ausweichen zu können, dessen Zeuge er im Schlosshof wurde, als die illustren Gäste, allesamt Mitglieder des europäischen Hochadels, ein Teil davon aus regierenden Häusern, unter Glockengeläut und Marschklängen ihren Fahrzeugen entstiegen und auf roten Läufern der Kapelle zustrebten, wo sie die Ankunft des Kaisers erwarteten, den der von weither anwachsende Jubel von Schulkindern aller umliegenden Gemeinden ankündigte, die voller Inbrunst jene Hymne in den goldenen Herbsttag sangen, deren auf jeden Herrscher geänderte Worte Joseph Haydn kraft seiner unerschütterlich ewigkeitsgläubigen Melodie stets aufs Neue wie ein Feldzeichen der unverbrüchlichen Einigkeit gegen jeden äußeren Feind in den Himmel Österreichs schrieb.

Gott erhalte, Gott beschütze
Unsern Kaiser, unser Land!

Eugen Ketterl, sein Leibkammerdiener, hatte den greisen Monarchen bis in den Schatten des Torbogens geleitet, in dem er beobachtend verblieb, bis sein Herr, der Kaiser Österreich-Ungarns, alleine, so lautete dessen ausdrücklicher Befehl, die Schlosskapelle erreicht haben würde, wo ihn seine Lieblingstochter Marie Valerie, ohne einen Schritt auf ihn zuzuwagen, empfing, um ihm den Bräutigam an die Seite zu stellen, der nunmehr von der Majestät, seinem Großonkel, und seiner Mutter Erzherzogin Maria Josepha zum Altar geleitet wurde, wo ihn die tief verschleierte Braut nach deren feierlichem Einzug in Begleitung ihrer Mutter, der Herzogin von Parma und dem Chef ihres Hauses, dem Herzog von Madrid, bereits erwartete.

Mächtig durch des Glaubens Stütze
Führ' er uns mit weiser Hand!

Xavier war es, der Hans Karl über die Familienverhältnisse aufklärte, als er sich neben ihn in die Gruppe derer stellte, die im über und über mit weißen Nelken und Lilien geschmückten Kirchenraum keinen Platz fanden.

„Der arme Sixtus muss da drin sein, das hat unsere Schwester so herausgekämpft von den Zeremonienadjutanten vom Hof, sie wollte wenigstens ein Geschwister in ihrer Nähe haben", flüsterte Xavier, „und wir freuen uns sehr, dass du herausgfunden hast zu uns da in diese Einöde, Kari."

Er griff nach dessen Hand, schränkte die seine hinein und drückte sie, was Hans Karl gern erwiderte. Da war noch immer jenes Bubengesicht, an das er sich so gerne erinnerte, das war noch immer jener Xavier, der sich so gar nicht einer Ordnung, wie damals den Internatsregeln, unterwerfen wollte.

„Mein Gott, ohnmächtig wird der uns werden, der arme Sixtus, von dem Gestank! Riechst du das? Riecht wie aufm Friedhof und dabei sim ma doch auf einer Hochzeit! – Jöh, die Schubert-Messe! –

Kannst dich erinnern? Die haben wir doch immer singen müssen, rauf und runter, besonders an unserm größten Festtag am achten Dezember, Fest der unbefleckten Empfängnis! – *Wohin soll ich mich wenden, wenn Gram und Schmerz mich drücken?*, und damals hatte das eine große Bedeutung, für mich jedenfalls!“, und er begleitete frech, aber leise, über der Zunge pfeifend, die Melodie von *Wem künd' ich mein Entzücken, wenn freudig pocht mein Herz?*, worauf einige der sie Umstehenden angedeutet indigniert die Köpfe bewegten und Abstand suchten, andere dagegen aber wissend lächelten.

Zu Dir, zu Dir, o Vater, komm ich in Freud' und Leiden,
Du sendest ja die Freuden, du heilest jeden Schmerz.

Als die Braut ihr Jawort im Gegensatz zu ihrem Bräutigam laut und für alle verständlich in Französisch gab, zog Xavier Hans Karl aus der Gruppe.

„Das Weitere köm ma uns dersparn. Komm, geh ma was trinken. Wirst sehn, das wird ein Aufsehn machen: Die welsche Französin, eh nicht beliebt und ohne Macht!, nur halt ‚ebenbürtig‘, gibt ihr Jawort bei ihrer österreichischen Hochzeit mit dem österreichischen Thronfolger in Österreich ausgerechnet auf Französisch und sagt ‚Oui‘! Das ist so typisch für die Zita, sie lasst sich halt nix sagn, gar nix! Und wir habn sie so beschworen, alle miteinander, kannst mir's glauben, dass sie einfach nur ‚Ja' sagt, aber nein! – Das kommt ihr heim, irgendwann einmal kommt ihr das heim, wirst sehn! Da kam ma nur hoffen, dass die Leut das vergessen haben, wenn's soweit ist. Und da is ja Gott sei Dank noch lang hin. Schau, der Franz Ferdinand is jetzt siebenundvierzig, und er wird sicher auch einundachtzig, mindestens, so alt wie der Kaiser jetzt ist, wirst sehn, das sind die habsburgischen Gene, dann wär das im Jahr 1945, und da ist mein kaiserlich-thronfolgerischer Schwager dann achtundfünfzig! Also bis dahin könnten die Leut diesen Fauxpas von der Ziti vielleicht vergessen haben, und darauf nehmen wir jetzt einen Schluck. – Santé, Kari, und noch einmal, schön, dass du da bist, und was glaubst, wie der Sixtus sich freut, wenn er dich sieht!"

Xavier von Bourbon-Parma hob die Baccarat-Flöte, stieß sie leicht an die Hans Karls, leerte sie genussvoll in drei großen Schlucken und hielt eine neue in der Hand.

„Alle Achtung vorm Papá! Aber für so viel Leut? – Dom Pérignon! Schon sehr gut! Schmeckst du das Brot darin? Ich sag immer, mehr als ein gutes Stückl Brot braucht der Mensch nicht zum Leben, und weil der Mensch nicht vom Brot allein lebt, wie wir wissen, hat der Pater Pérignon eben den Champagner erfunden, weil da alles miteinander drin is."

Er lachte sein offenes Bubenlachen, trank erneut und zwinkerte Hans Karl zu.

„Sehr admirabel, dass du die Courage ghabt hast, dem Trauzeugen von Karl einen Korb zu geben, Kari, das macht nicht so leicht einer, wenn er so eine Avance hat! – Du siehst, ich bin bestens informiert!"

„Pardon, lieber Xavier, dass ich jetzt auf der Leitung steh, aber ich sollt vielleicht nicht am Vormittag schon was trinken …"

„Na, der Erzherzog-Thronfolger, der ist doch der Trauzeuge vom Karl, hast du das nicht gwusst?"

„Pardon, nein, aber ich hab in der höflichsten Weise zu erklären versucht, dass ich mich um die Familie zu kümmern hab, um unsere Mutter, die allein ist, um meine Schwester, die allein ist, ein bissl auch um den Stani, ihren Buben, und halt auch sonst um alles …"

„Wie halt damals in der Stella um mich! – Weiß schon, Kari, geschenkt! Und er hat's auch irgendwie verstanden, ist ja selber so ein Familienmensch, und was nicht ist, kann ja vielleicht noch werden, hat er gsagt, und das letzte Wort ist da sicher auch noch nicht gesprochen, weil da noch viel Wasser die Donau hinunterfließt. – Schau, sie sind fertig, weil's jetzt alle den Beethoven singen, als müssts so sein! Santé, Kari, und darauf, dass es immer so bleibt!"

Xavier von Bourbon-Parma nahm ein drittes Glas, hob es gegen die Schlosskapelle und pfiff die zweite Stimme in die von allen wie eine Hymne gesungenen Worte Christian Fürchtegott Gellerts

Die Himmel rühmen des Ewigen Ehre,
Ihr Schall pflanzt seinen Namen fort.
Ihn rühmt der Erdkreis, ihn preisen die Meere,
Vernimm, o Mensch, ihr göttlich Wort.

MÄRZ

Leonore Bühl war mit dem neuen Lift hinuntergefahren, um sich draußen, in ihr Plaid gewickelt, auf die Bank hinter der Balustrade über dem Meer zu setzen und zu lesen. Das Quarnero war noch fast leer um diese Zeit, also war es ihr möglich, unbeeinträchtigt von anderen Gästen die salzhaltige Luft, die ihrer Lunge so guttat, näher an ihrem Gezeitenufer zu atmen, näher, als es ihr Balkonappartement im ersten Stock des Hotels zuließ.

Die Zeit, die ist ein sonderbar Ding.
Wenn man so hinlebt, ist sie rein gar nichts.
Aber dann auf einmal, da spürt man nichts als sie,
las sie noch immer, oder immer wieder, die Verse jenes Dichters, der ihr da vor zwei Jahren im Palais Todesco gegenübergesessen hatte.

Das Meer war still an diesem Märznachmittag, kaum eine Dünung, behutsam schienen fast nicht wahrnehmbare Wellen die Felsensteine unter ihr zu umspülen.

Sie ist um uns herum, sie ist auch in uns drinnen.
In den Gesichtern rieselt sie,
im Spiegel da rieselt sie,
in meinen Schläfen fließt sie.

Wieder und wieder las sie diese Worte, die Hugo von Hofmannsthal einer Frau an der Schwelle zum Altwerden in den Mund gelegt hatte, und bedauerte, sich nicht an die Musik erinnern zu können.

Und zwischen mir und dir
da fließt sie wieder, lautlos, wie eine Sanduhr.

Zwischen mir und dir, da fließt sie lautlos wie eine Sanduhr. Lautlos wie eine Sanduhr, zwischen mir und dir – sie hatte kein Gegenüber, mit dem ihr das Fließen der Zeit hätte bewusst werden können, nicht einmal das hatte sie, nicht an einem einzigen Tag ihrer zwanzigjährigen Ehe war es ihr vergönnt gewesen, die Zeit fließen zu spüren. Das Leben fließen zu spüren. Das Leben zu spüren. An ihren Kindern vielleicht vermochte sie das Leben zu erkennen, aber nicht an sich selbst.

Wie macht denn das der liebe Gott?
Wo ich doch immer die Gleiche bin.
Und wenn er's schon so machen muss,
warum lasst er mich denn zuschauen dabei

mit gar so klarem Sinn! Warum versteckt er's nicht vor mir?

Leonore Bühl fühlte sich leer, leer wie eine Hülle, ein Etui, eine Schatulle, ein Stanizl. War es das? War das ihr Leben? Das bissl Freude mit den Kindern, das bissl Freude über den Enkel? Und dabei immer das Zusammenhalten der Sachen, Hohenbühl, die Landwirtschaft, den Forst, die Jagden, das Palais Am Hof, Güterverwaltung eben. Aber mit sechsundfünfzig, was sollte sie da noch wollen? Was durfte sie da überhaupt noch wollen?

Und man ist dazu da, dass man's ertragt,

las sie wieder,

Und in dem „Wie", da liegt der ganze Unterschied –

Dazu ist man da? Das man's ertragt? Das Leben erträgt? Alles und alles erträgt?

Das Meer war so schön jetzt, und eine große, milde Sonne, die ihr den Rücken wärmte, stand hinter ihr. Weit draußen kreuzte ein Schiff ohne Segel, ein Kriegsschiff, dachte sie aufgrund seiner bizarren Konturen. Hinter ihr knirschte der Kies, Schritte kamen näher, sie wandte sich nicht um, bis sie zu dem Hotelboy aufsehen musste, der vor ihr stand und ihr auf einem Silbertablett eine Visitenkarte mit den Worten „Frau Gräfin verzeihen bitte die Störung, aber Sir William Adam Brod-Spencer bittet nunmehr schon seit mehreren Tagen und sehr angelegentlich, seine Aufwartung machen zu dürfen“ präsentierte.

Leonore Bühl nahm die Karte und las, was ihr der unter seiner gold gestickten marineblauen Quarnero-Kappe rotblonde Bub mit seinen über die Oktaven stürzenden Stimmintervallen gerade gemeldet hatte.

„Falls der jetzige Zeitpunkt für die Frau Gräfin ungeeignet sein sollte, bittet Sir Brod-Spencer um die Möglichkeit, ein andermal, wenn es der Frau Gräfin konveniert, vorsprechen zu dürfen“, jodelte der Page und Leonore Bühl musste lächeln.

„Wo is er denn, der Sir?“

„In der Halle is er, Frau Gräfin.“

„Dann lassen wir ihn halt kommen, wenn er schon so angelegentlich bittet.“

„Sehr wohl, Frau Gräfin“, kiekste der Knabe unter einer tiefen Verbeugung und entfernte sich schnell, kaum mächtig, auf seinem Weg so etwas wie einen gebirglerischen Juchizer zu unterdrücken.

JANUAR

Sie hatten auf ein wundervolles neues Jahr angestoßen, in das sie dann auf den Klängen des Kaiserwalzers hineingeflogen waren.

Selbst jetzt, da die Kaskaden des Feuerwerks im Golf von Fiume ertrunken waren, war es Leonore Bühl noch immer ein wenig schwindlig, so, als müsse sie sich setzen, aber nicht in diesem lauten, heißen Ballsaal, in den die Menschen von der wieder einsetzenden Musik zurückgelockt wurden, sie wollte hier bleiben, hier draußen, auf der wie eine Felsenrampe gegen das Meer hin aufgetürmten Terrasse des Hotels, unter den diamanten aufblitzenden Sternen dieser Neujahrsnacht. Sie zog ihren schiefergrauen Samtmantel dichter um sich und ließ sich nur allzu gerne zu einer der weich gepolsterten Korb-Chaiselongues führen, auf die sie ihre Beine legte, die Augen schloss und nach wenigen Augenblicken Williams Lippen auf den ihren fühlte, zart verhaltend, um einen Kuss bittend, dem sie sich nach schier endlosen dunklen Sekunden angstvoll vibrierenden Verharrens endlich hingab.

Sie konnte sich nicht erinnern, wann sie in dieser einfühlsamen Weise geküsst worden war, wann sie einen Kuss auf diese Weise erwidert hätte. Jahrzehnte musste das her sein. Nein, ihr Mann hatte sie nie so geküsst, Erwein Arnstein vielleicht, aber das war doch anders und war auch schon vor mehr als zwanzig Jahren. Vor zwanzig Jahren! William war einundzwanzig Jahre jünger als sie und sie wird siebenundfünfzig werden in diesem Jahr. Siebenundfünfzig! Durfte sie das, durfte sie dieses, in Wahrheit namenlose Gefühl zulassen? Ein Gefühl, das ihr so wenig vertraut war, von dem sie so wenig wusste, sie, eine Witwe mit siebenundfünfzig Jahren? Aber der Octavian, der junge Geliebte der Fürstin Werdenberg aus dem Rosenkavalier, der war doch auch viel jünger als sie, vielleicht nicht ganz so viel wie William, und wahrscheinlich waren Ihre Durchlaucht auch nicht ganz so alt wie sie …

Seit jenem Frühlingstag, an dem sich ihr dieser dunkelblonde, bartlose junge Mann mit dem klar konturierten Gesicht wie eine Lichtgestalt vorgestellt hatte, wollte er nicht mehr von ihrer Seite weichen. Sie war ständig von seinem Werben umgeben, ohne sich bedrängt zu fühlen. Das war seine

Kunst, dass er um sie warb, aber sie nie bedrängte. Manchmal, wenn er ihr in den Mantel half, eine kaum wahrnehmbare Berührung am Oberarm, oder er wickelte ihre kalten Füße in sein Kaschmirplaid, wenn sie vor dem offenen Kamin seiner seit dem Herbst gemieteten Villa endlose und nie sich erschöpfende Gespräche führten, abendelang konnten sie so miteinander reden, tagelang, auf den Ausflügen, die sie in die Gegend unternahmen und auf den stundenlangen Wanderungen in der istrischen Küstenlandschaft konnten sie miteinander schweigen, ohne die geringste Leere zu empfinden, und wenn sie dann ein einsam gelegenes Gehöft, die Ruine eines verlassenen Kastells oder eine Lichtung fanden, von der aus das Meer tief unter ihnen in einer Bläue leuchtete, die sie noch nie gesehen hatten, schwiegen sie auch und sahen sich an und wussten gemeinsam darum, was dies und das und jenes ihnen sagte. Selbst als Leonore im November für zwei Wochen nach Wien reiste, um den vierzehnten Geburtstag ihres Enkels Stani mitzufeiern, begleitete er sie als „Südbahn-Kavalier", wie er sich ausdrückte, und verschwand im Hotel Sacher und erwartete sie für die Rückfahrt bereits im Salonwagen, wo er für ein Diner reserviert hatte, bevor sie sich in ihr Schlafwagenabteil zurückziehen würde. Sie stellten einander keine Fragen und Leonore fand, dass sie viel zu viel von sich und ihrer Familie erzählt hatte, denn sie wusste von ihm nur, dass er für die von seinem Großvater gegründete britische Handelsgesellschaft Brod&Spencer tätig war und ein so lupenreines Deutsch sprach, weil seine Großmutter eine gebürtige Rose Brod aus Berlin war und er in München auf der Maximilians-Universität studiert hatte.

Sie sahen sich an, standen auf, gingen nebeneinander durch die Halle des „Kronprinzessin Stephanie", um, jetzt die Hände ineinander verschlungen, über die halbmondbeschienene Uferpromenade nach Lovrano seine Villa zu erreichen, in der die Glut eines fast zur Gänze niedergebrannten Kaminfeuers den Raum mit einem langsam pulsierenden Purpurrot zu beatmen schien. Auf dem schmalen Büchertisch hinter dem Sofa wartete der Champagner mit Serviettenkragen in seinem vom Eis beschlagenen Silberkübel, aus dem ihn William hob und zu öffnen versuchte. Leonore schloss die schweren schwarzgrünen Samtvorhänge der beiden Fenster, der Balkontüre, bewegte mit ihren Beinen einen der Fauteuils aus der Mitte an den

Rand des Zimmers und begann, sich zu entkleiden. Sie legte den Mantel ab, die zinnsilberne Abendrobe, streifte die Träger des weiß seidenen Unterkleids von den Schultern, drückte die Seidenstrümpfe vom Hüftgürtel, den sie aufhakte und fallen ließ, weitete die fadendünne Kordel des hauchdünnen Batistmieders, bis es an ihr niederglitt, löste die Bänder ihrer schmal geschnittenen Hose, stieg aus ihrer Wäsche, schlüpfte wieder in ihren Mantel und wandte sich um.

„Das ist die Frau, die du lieben willst."

„Das ist die Frau, die ich liebe und immer lieben werde, bis ans Ende meines Lebens."

Er tat einen Schritt auf sie zu, reichte ihr eine der bernsteinfarbenen Schalen, die sie annahm und ihm entgegenhob.

„Wenn es bis zu meinem dauern könnte, dann wär es schon mehr als ein Wunder. Aber lass uns heute leben! Die Welt ist groß und wunderbar. Prosit! Und noch einmal: auf ein Wunder volles Jahr!"

JUNI

Hans Karl Bühl war es, als würde er in den Armen dieser jungen Frau, eigentlich dieses Mädchens noch, fliegen, als würde er zu den Klängen dieser ungekannten, wundervoll aufschäumenden Musik über Prag schweben, als empfände er so etwas wie Glück, ein Gefühl, das er nicht kannte oder das er vergessen hatte, das aber die Erinnerung, die jetzt in ihm aufstieg, zurückbrachte, die Erinnerung seiner Kindheit, der Gegenwart seiner Mutter, und seine Geborgenheit in ihrer Nähe.

Leopold von Altenwyl hatte, auf den ausdrücklichen Wunsch seiner Tochter hin, zu deren Sponsionsfeier nach Prag gebeten, weil Helene diese, wenn sie schon vollzogen werden müsste, im Andenken ihrer Mutter an ihrem Geburtsort verbringen wollte.

Mit „Darf ich bitten, Kari Bühl" hatte sie ihn aufgefordert und war die unzähligen Sandsteinstufen der Terrassenanlage in solchem Tempo hinaufgelaufen, dass er Mühe hatte, ihr bis aufs Dach des dreibogigen Gartentempels, in dem die Kapelle aufspielte, zu folgen, hinter dessen wappengeschmücktem freien Fries die marmorverlegte Tanzfläche wie an den Rücken des Hradschin gelehnt schien, und jener Walzer erklang zum dritten Mal an diesem frühen Abend, und Helene wurde nicht müde, sich ihm hinzugeben.

„Siehst du, jetzt kennst du ihn, den ‚Grazioso-Walzer' aus dem Antonín Dvořák seiner achten Symphonie, meinen Lieblingswalzer, von dem ich dir vor sieben Jahren beim Sacher gsprochn hab", lachte sie kaum außer Atem, „du wirst ihn heut Abend sicher noch ein paarmal hören, und vielleicht gibst du mir ja noch einmal die Ehre."

„In den Armen der bezauberndsten und aller Ehren werten, frisch approbierten Magistra philosophiae verwandelt sich jede Ehre in das reinste Vergnügen!"

„So formvoll muss Er mich jetzt aber nicht komplimentieren, Graf Bühl."

Sie setzte sich auf die bemooste Steinbalustrade, strich eine in der Abendsonne golden aufleuchtende Haarsträhne aus ihrem leicht geröteten Gesicht, lächelte ihn offen an und fügte sie in die Welle ihrer einfach auf dem Hinterkopf zusammengesteckten Frisur.

„Aber nein, Helen, ich drück mich nur elend aus, gratuliern möcht ich dir, voll von Bewunderung, und dir sagen, wie schön es ist hier, und wie besonders du alles machst, und wie schön dein Fest ist, und wie schön die Stadt ist, und wie schön der Abend …"

„Für den schönen Abend kann ich nix, und für Prag kann ich auch nix, und das Fest hat mir der Papa geschenkt."

„Helen."

Hans Karl verlor sich in den Augen der jungen Frau, die seinem Blick standhielt, während das Glitzern zweier Flöten des kleinen Orchesters unter ihnen von den Wellen, den Streicherwellen der „Moldau", aufgenommen und weggetragen wurden.

„Helen, darf ich Sie etwas fragen, nein, viel richtiger muss es heißen, darf ich Sie um etwas bitten?"

„Er darf mich fast um alles bitten, Graf Kari."

„Wär Ihr das vorstellbar, dass Sie mir einmal Prag zeigt, Ihr Prag?"

„Mein – Prag?"

„Ja, möcht Sie mir die Liebe tun, bitte, und mir erlauben, diese unvergleichliche Stadt einmal, irgendwann einmal, durch Ihre Augen zu sehn?"

„– Ja, jetzt. Jetzt gleich."

„Helen, das …"

„Ich geh jetzt da die Stufen hinunter und ins Haus und in mein Zimmer und hol mir einen

Mantel. Und dann geht Er hinunter und schaut, dass Er möglichst unbemerkt auf die Gassn hinauskommt, wohin ich Ihm dann nach ein paar Minuten folgen werd."

„Helen, ich …"

Sie stand auf, bewegte sich mühelos und ohne auf die steile Treppe zu achten zwischen den Gartenparterres, wo sie zwei Mal konversierend innehielt, den Arkadenbögen zu, welche die Terrassenebenen mit freskierten, balkonbekränzten Mauern hielten, und verschwand im Palais.

Nach einer Viertelstunde, sie hatte einen kurzen auberginefarbigen Leinenmantel über ihrem malvenblauen Kleid mit einem Ledergürtel zusammengezogen und eine jagdlich karierte Schirmkappe auf dem Kopf, erschien sie lautlos im Vestibül, wo sie Wenzel erstaunt ansah.

Mit „Haben Sie gesehen, ob der Graf Bühl gegangen ist, Wenzel?" wandte sie sich leichthin an den Kammerdiener.

„Jawohl, sind fortgegangen, vor fünf Minuten etwa, Komtesse."

„Ich werd jetzt auch noch fortgehn. – Nein, bitte schaun S' mich nicht so an, Wenzel, nur hinaus in die Stadt, für eine Stunde vielleicht."

„Befehlen Komtesse den Wagen?“

„Nein, danke, Wenzel, ich möcht nur ein wenig spaziern gehn.“

„Befehlen Komtesse Begleitung?“

„Nein, danke, Wenzel, ich möcht allein gehen.“

„Pardon, Komtesse, dass ich mir erlaub, aber ist vielleicht gefährlich, am Abend, so allein.“

„Ich fürcht mich nicht, Wenzel. Ich bitt Sie nur, dem Papa zu sagen, dass ich gleich zurück sein werd, wenn er nach mir fragen sollt.“

„Wie Komtesse befehlen.“

Als vom Garten her Stimmen lauter wurden, lief sie zum Tor und huschte durch die darin eingelassene Türe hinaus auf die Valdštejnská-Gasse, worauf Wenzel diese leise schloss, sich von dem doppelflügeligen Portal wegbewegte und das livrierte Personal anwies, die erst seit Kurzem mit elektrischem Strom ausgerüsteten Laternen und Deckenampeln der Halle einzuschalten.

JULI

An diesem strahlenden ersten Julimorgen war William Brod-Spencer schon sehr früh beim Quarnero vorgefahren, um Leonore Bühl zu einer Überlandpartie ans „Goldene Kap" von Rovigno „zu entführen", wie er sich ausdrückte.

Vier wunderschöne, fahrtwinddurchstobene Stunden, während derer Leonore manchmal, bei einer scharfen Kurve etwa oder nach einer Steigung über staubige Bergstraßen wieder hinab, ihren langen, fliederfarbenen Seidenschal vom Kopf nahm und wie ein Banner durch die Luft flattern ließ.

Diese sechs Monate, überhaupt die Zeit mit William, empfand sie wie ein Geschenk des Lebens, ein spätes, und, wie sie meinte, ein unverdientes Geschenk des Lebens. Sie war glücklich und begann, dieses Gefühl von etwas, das sie gar nicht anders als „Glücklichsein" nennen konnte, als zu ihr gehörig anzunehmen. Und sie sprach darüber, sie suchte nach Worten, mit denen sie es beschreiben, umschreiben könnte, und fühlte sich wiederum glücklich bei dieser Suche. Das Glück mit diesem jungen Mann neben ihr, es wirkte zurück. Alles war ein beseligtes Geben, und sie durfte so viel nehmen, so leicht nehmen, so etwa, wie Eva den Apfel vom Baum der Erkenntnis gepflückt haben mag. Aber es kam kein Engel, der sie mit flammendem Schwert aus diesem Paradies vertrieben hätte, im Gegenteil, je mehr sie von der Frucht aß, desto deutlicher konnte sie die verschiedensten Dinge der Schöpfung verstehen, sie redeten zu ihr, die Natur, das Meer und die Nacht und der Mond und der Wind, der Regen und die Sonne, die Sonne! Und die Bäume und die Blumen und die Tiere! Zu allererst die Vögel, die Amseln, die Finken und die Nachtigallen. Selbst einen Hund, an eine der weiß gekalkten Hauswände hingestreckt, vermeinte sie zu verstehen, oder eine der fuchsroten Katzen auf einer Fensterbank. Es war das Paradies, das sich ihr aufgetan hatte, an der Hand jenes Mannes, der jetzt auf einer Pinienhöhe den Wagen anhielt und auf das Blau unter ihnen wies, in das kleine silberne Atolle gestreut waren.

William reichte ihr den Griff einer der zusammengerollten, von einem Lederband gehaltenen Wolldecken, nahm den großen Korbkoffer und so stiegen sie den felsigen Hügel hinunter, bis sie einen geeigneten Platz fanden, wo sie dem Blau näher waren.

Nachdem sie von dem in gestoßenes Eis gepackten hellen Wein getrunken hatten, kappte William einer Melone Stängelansatz und Boden, halbierte sie, schälte die Kerne aus den ockerfarbenen Hälften, stellte sie auf Silberteller, umgab sie mit hauchdünnen Prosciuttoscheiben, die er aus einer Wachspapierrolle wickelte, steckte ein von Elfenbeingriffen gehaltenes Dessertbesteck in die Frucht und reichte sie Leonore, die das Picknick eröffnete, indem sie davon zu essen begann.

Nach einer langen glücklichen Weile, als sie an einen Stein gelehnt und müde gemacht von einem leise sirrenden Grillenkonzert die Augen schließen wollte, schien es ihr, als würde hinter ihren flimmernden Lidern ein Schatten, eine dunkel gezackte Speerspitze das Blau durchschneiden, aber sie schaute nicht hin.

„Was ist das, William? Schau, da, da draußen, da ist doch etwas! Etwas Dunkles, Gefährliches?"

„Das ist die ‚Viribus Unitis', ein Kreuzer, der eueren ermordeten Thronfolger nach Triest bringt. Ich dachte, dass du auf diese Weise vielleicht Abschied nehmen willst, von ihm und seiner Frau."

„Und deshalb sind wir hergefahren?", fragte Leonore matt, ohne aufzuschauen.

„Ja, verzeih bitte, das war so eine Idee, von der ich hoffe, dass sie dich nicht zu sehr inkommodiert. Aber als ich dir vorgestern die Schreckensmeldung von dem Attentat versucht habe beizubringen, hast du nur gesagt, dass es schade um ihn sei, weil er deinen Kari gemocht hat, und deshalb …"

Leonore sah jetzt hinaus auf den vorbeiziehenden Schatten.

„Ja, ich glaub, es ist ewig schad um ihn, und um seine Frau auch. Die beiden haben sich nämlich geliebt, und sind zu ihrer Liebe gestanden, auch als es der Kaiser verbieten wollt, was er nicht können hat, und so hat der Franz Ferdinand halt für seine Kinder auf die Thronfolge verzichten müssen. Die sind jetzt Waisen. – Und den Kari hat er auch mögen, er wollt ihn zum Minister machen …"

Sie drehte sich zu William.

„Glaubst du, es gibt einen Krieg?"

„Mit wem? Mit Serbien? – Nein, das glaub ich nicht, das machen sie nicht, weil das auch einen Krieg mit Russland bedeuten würde."

„Der Franz Ferdinand hätt's nicht gemacht, aber den gibt's ja jetzt nimmer. Geben tut's jetzt nur mehr den alten Kaiser und seine Militärs um ihn herum."

JULI

Hans Karl Bühl war gekommen. Er hatte Lukas seinen Frack mit der schwarzen Weste, den schwarzen Handschuhen und dem Zylinder vorbereiten lassen. Er wollte trotz dieses schwülen Juliabends seinen Weg zu Fuß vom Hof über die Herrengasse und durch die innere Hofburg nehmen, weil dort, in der schwarz ausgeschlagenen Hofburgkapelle, die Särge des Thronfolgerpaares standen. Und wirklich, der Sarg der Ehefrau war auf Befehl des Obersthofmeisters fast einen halben Meter unter dem des Erzherzogs platziert, so wie es ihm Sixtus am Nachmittag telefoniert und ihn gebeten hatte, der ermordeten Hoffnung eines Weltreichs zusammen mit mehreren „Standesgenossen“, wie er sich ausdrückte, zumindest ein letztes Geleit nicht zu verweigern, wenn schon alle regierenden Häuser Europas samt ihren gekrönten Häuptern durch die Intrigen des Fürsten Montenuovo ferngehalten wurden, damit man sich nur ja nicht genötigt sähe, ein Staatsbegräbnis für den allseits ebenso wie bei Hof ungeliebten Thronfolger statthaben zu lassen. Und dabei wär's nur gut, meinte Sixtus, wenn sie sich alle getroffen und miteinander geredet hätten, grad jetzt, nach diesem schrecklichen Ereignis, was denn nun zu tun sei, und was vor allem zu lassen, „wo doch eh schon die Falken überall in der Luft stehn und nur darauf warten, dass sie niederstoßen können". Sein Schwager Karl, der jetzt plötzlich zum neuen Thronfolger avanciert ist, sei auch dieser Meinung und habe beim Kaiser immerhin mit einiger Mühe erreichen können, dass das Paar zumindest in der Hofburg eingesegnet würde, wenn schon nicht in der Augustinergruft bestattet, aber da hätt sich ja der Thronfolger von seiner Frau auch noch im Tod trennen müssen, und das hat er schon gar nicht gewollt, also hat er in weiser Voraussicht eine Familiengruft auf Schloss Artstetten bauen lassen. „Also, wenn's dir irgend möglich ist, Kari, dann komm bitte, auch, dass wir uns wiedersehen, ich werde selbstverständlich da sein, und der Xavier auch."

Da standen sie also, männliche Mitglieder der Familien Liechtenstein, Schwarzenberg, Starhemberg, Windisch-Graetz, Trauttmansdorff, Fugger, Thurn und Taxis, Lobkowitz, Ladinsa, Hohenlohe, Waldstein, Bourbon-Parma, Auersperg, Werdenberg, Sternberg, Collalto, Coudenhove-Kalergi, Khuen von Belasi, Lodron, Attems, Colloredo, Bartenstein,

Gleichen, Rofrano, Clam-Gallas, Hechingen, Dietrichstein – Hans Karl hörte auf, sich die Namen, deren Träger er unmöglich alle kennen konnte, zu vergegenwärtigen. Sie standen und warteten, warteten an diesem heißen, schon dunkelnden Abend darauf, dass der ermordete Thronfolger, in dessen Ideen sie fast alle ihre Hoffnungen gesetzt hatten, zusammen mit seiner ermordeten Frau das Areal der Hofburg verlassen und an ihnen, die sie zu beiden Seiten der Babenberger Straße Aufstellung genommen hatten, vorbeikommen würde, was sich eben jetzt ankündigte, als ein zweispänniger Leichenwagen, eine Funebre-Equipage war vom Obersthofmeisteramt verweigert worden, mit zwei Särgen das äußere Burgtor passierte, in den für das gemeine Publikum gesperrten Burgring am Spalier vorbei in die Mariahilfer Straße Richtung Westbahnhof einbog, wohin ihm die schwarz gekleideten Herren folgten.

„Schau, jetzt sind sie auf der gleichen Ebene", bemerkte Sixtus, „im Tod sind s' alle gleich, sind wir alle gleich! Dass sie das nicht und nicht kapiern wolln am Wiener Hof! Der Kronprinz, seine arme Mary, die Kaiserin, ihr Mörder Lucheni, der Thronfolger, seine ‚morganatische' Frau Sophie, ihr Mörder, der Princip, der Verräter Redl, die Sau, dein Vater, der

Arnstein, unser Bauer vom Aostatal, der letzte Woche gstorbn is, mein alter Schneider Aigner, unsere Köchin Milli, Gott hab sie selig alle zwei, alle, alle gleich. Und da machen s' so einen Bahö da in Wien … Das, glaub ich, das wird ihnen noch übel heimkommen."

„Ich glaub, dass uns das allen noch übel heimkommen wird", flüsterte Hans Karl, weil er erstaunt darüber war, dass es in der breiten Straße vollkommen still war, dass aus den Fenstern, deren jedes besetzt war, schwarze Stoffbahnen teils bis auf den Gehsteig herabhingen, auf dem sich Menschen, Männer und Frauen, mit Fackeln, Kerzen und Grablichtern endlos aneinandergereiht hatten.

„Heut gibt die österreichische Aristokratie ihrer ermordeten Hoffnung das letzte Geleit", stellte Sixtus angesichts des stummen Trauerzuges fest, worauf die, die es hörten, nickten und schweigend weiter dem Leichenwagen folgten.

„Vielleicht, dass ja dein Schwager, wenn er Kaiser is, irgendetwas aus dieser Todesstarre herausreißn kann!", war plötzlich eine dunkle Stimme zu hören, „Vielleicht! Wann's uns alle, wie wir da sind, überhaupt noch gibt, nach dem Krieg, der jetzt kommt", eine andere, hellere.

AUGUST

Leonore Bühl saß auf dem kleinen Balkon ihrer Suite. Sie starrte durch eine eingedunkelte Brille auf das gleißende Meer, ein Telegramm vor sich auf dem runden Korbtischchen, als William, von einem Pagen angemeldet, das Appartement betrat, einen Kuss auf ihren Nacken hauchte und zwei Dokumente der Ungarischen Seeschifffahrtsgesellschaft „Adria" sowie eine Zeitung neben das Telegramm legte. Die See war still, nichts als ein Spiegel des Himmels, der Sonne, keine Spuren mehr von den Unwettern, die über der Region plötzlich unerwartet niedergegangen waren, von Fiume bis Triest.

„Es ist gut, dass du da bist. Der Kari hat mir telegrafiert, dass er aufgefordert worden ist, sich bereitzuhalten, falls die Offensive gegen Serbien nicht vor Ende September abgeschlossen sein sollte."

„Diese Offensive wird niemals vor Ende September abgeschlossen sein, und dein Kari weiß das auch ganz genau. Österreich-Ungarn befindet sich zusammen mit seinem Bündnispartner Deutschland bereits mit fast ganz Europa in einem Krieg, dessen Ende überhaupt nicht abzusehen ist. Darf ich dir die gegenseitigen Kriegserklärungen zur Kenntnis bringen? Ich musste sie aufschreiben, weil ich sie mir nicht merken konnte."

„Nein, bitte, William, vielleicht lasst sich das gerade jetzt vermeiden …"

„Doch, bitte, Leonore, verzeih mir, aber ich glaube, dass sich das jetzt nicht vermeiden lässt, du solltest wissen", er zog ein Notizheft aus der Jackentasche seines Leinenanzugs, „du solltest bitte zur Kenntnis nehmen, dass nach der Kriegserklärung an Serbien am 31. Juli sowohl in Russland wie auch in Österreich-Ungarn die Gesamtmobilmachung angeordnet worden ist, dass daraufhin Deutschland am 1. August Russland den Krieg erklärt hat und am 3. August Frankreich und Belgien, weil ihnen der Durchmarsch durch Belgien verweigert worden ist, dass am 4. August England den Deutschen den Krieg erklärt hat, am 5. August Montenegro Österreich, am 6. August, also gestern, Serbien auch Deutschland, und Österreich-Ungarn Russland."

„Gott sei uns gnädig …"

„Leonore, ich bitte dich, wir müssen weg, ganz schnell weg! Da liegen die kaum mehr erhältlichen Erste-Klasse-Passagen für übermorgen mit der ‚Königin Elizabet‘ von Fiume nach Liverpool. Darf ich dir zur Kenntnis bringen, welcher Geist jetzt in deinem Österreich herrscht? Ausnahmezustand! Die Militärs haben erreicht, was sie immer erreichen wollten, nämlich die Macht über jedes Recht, jede Zivilisation! Leonore, bitte, hör mir zu!“

Sie gab keine Antwort, worauf William die Wiener Neue Freie Presse vom 28. Juli aufnahm.

„*Durch ein kaiserliches Patent wurde noch gestern spät nachts sowohl für die österreichische als auch für die ungarische Reichshälfte der allgemeine Ausnahmezustand verhängt, der alle persönlichen und politischen Rechte aufhebt und jede Übertretung gegen die öffentliche Sicherheit oder das Privateigentum mit Todesstrafe bedroht. Gleichzeitig treten die Kriegsleistungsgesetze in Kraft, denen zufolge jede männliche Person bis zum 50. Lebensjahr zum Kriegsdienst herangezogen werden kann. Der ungarische Reichstag und sämtliche Landtage der Monarchie werden geschlossen. Die Geschworenengerichte sind aufgehoben.* – Ist das seine Revanche für den bürgerlichen Ungehorsam der 48er Revolution, die euer Kaiser immer haben wollte, seit er mit achtzehn den Thron bestieg? Die späte Rache eines vierundachtzigjährigen Greises durch das Aussetzen aller Bürgerrechte? Durch die Wiederherstellung des Absolutismus? Aber es ist nicht sein Absolutismus, es ist der Absolutismus der Militärs, der Unterdrücker jeglicher Freiheit, in deren Händen er nicht mehr ist als eine Spielpuppe, eine zerbrochene alte Spielpuppe in roten Hosen mit goldenen Streifen darauf! – Leonore, wir lassen dieses wahnsinnig gewordene Europa zurück, wir umfahren es, mit einer Station in Lissabon, und sind in England, und du bist bei mir!"

„Und der Kari?"

„Der Kari soll auch nach England gehn, zu uns, wir telegrafieren ihm."

„Das macht er nie, er lasst doch seine Heimat und alles das, woran er glaubt, nicht im Stich, was denkst du denn von ihm! Was müsst denn ich dann von ihm denken. Geradezu eine Beleidigung wär so ein Telegramm."

„Dann wird er seinen Einberufungsbefehl bekommen, heut oder morgen, wie alle, alle! Du hörst doch, Generalmobilisierung! Und die wirst du nicht widerrufen können, niemand wird sie widerrufen wollen, am wenigsten euer alter Kaiser, diese Marionette in den Händen eurer wahnsinnig gewordenen, verblendeten, kriegstreiberischen Militärs."

„Und Crescence und ihr Bub, der Stani?"

„Sollen auch zu uns kommen! – Oder sind halt Am Hof oder in Hohenbühl, der Stani wird erst einmal seine Matura machen. Ohne Not werden sie einen noch nicht volljährigen Grafen Freudenberg nicht einziehen."

„Dann bin ich wohl, was man eine Verräterin nennt …"

„Leonore, verzeih bitte, aber was oder wen verrätst du, wenn du mit mir gehst, mit dem Menschen, der dich liebt, der ohne dich nicht sein kann und nicht sein will? Was lässt du, für eine Zeit nur, die Zeit eines wahnwitzigen Krieges, zurück, außer deinen Kindern und deinem Enkel, die allein durchkommen werden, ausgestattet wie sie sind? Das Grab deines ungeliebten Mannes, der dich betrogen hat, der deinen Geliebten erschossen hat, den dann seine Schwester gerächt hat, Mörder alle mitsammen? – Außerdem ist England das einzige Land, das mit Österreich-Ungarn nicht im Krieg ist, noch nicht, und das müssen wir uns zunutze machen, ehe es zu spät ist!"

AUGUST

Crescence Freudenberg wollte es sich nicht nehmen lassen, zu einer kleinen Soirée ins Bühl'sche Palais zu bitten, weil ihr Bruder mit Ende des Monats nach Galizien beordert war, um eine ihm zugeteilte Einheit in den geplanten Entsatz von Przemyśl zu führen. Hierzu hatte sie auch Adam und Antoinette Hechingen eingeladen, ein jung verheiratetes Ehepaar aus zwei alten, vertrauten Familien, weil sie von Ados Mutter wusste, dass er schon seit dem Ausbruch des Krieges seinen Dienst in Galizien versah und auf ein paar Tage nach Wien beurlaubt war. Adam Hechingen würde also aller Wahrscheinlichkeit nach mit Hans Karl seine Operationen koordinieren müssen, Grund genug für eine Wiederbegegnung der beiden in der Heimat, sozusagen auf neutralem Terrain.

Das Salonorchester spielte Operettenmelodien von Strauß, Ziehrer und Lehár, sie hatte es am Ende der Eingangshalle platziert, sodass die im ersten Stock versammelten Gäste den Eindruck erhalten mussten, sie würden auf den kunstvollen Arrangements von „Ach, meine Reputation", „Es waren zwei Königskinder“ und „Wenn wir morgen noch dran denken“ schweben.

Crescence bemühte sich, die beiden Einberufenen näher miteinander bekannt zu machen, was gar nicht nötig war, weil sie einander vom Club her kannten, also stellte sie ihren Bruder nur Antoinette, Adams Frau, vor, die nach dem Handkuss Hans Karls dessen Rechte festhielt und ihn, als er zu ihr aufsah, nicht aus dem Blick ließ.

„Es is nicht so schön, dass wir einander ausgerechnet dann zum ersten Mal begegnen, wenn ihr weg müssts“, eröffnete sie mit klarer Stimme.

„Ich muss erst in zwei Tagen weg.“

„Der Ado aber schon morgen Früh um vier, das könnte man doch fast miteinander zusammen erwarten, meint Er nicht, Graf Bühl?“

„Wenn der Ado das auch möchte, Gräfin Antoinette …“

„Toinette genügt. Dem Ado wär's, glaub ich, sympathisch, wenn er nicht mehr in die Laudongasse müsst. Wenn Er uns Gesellschaft leistet so lang, dann lass ich einfach sein Gepäck herkommen, und er geht von hier.“

„Wenn dem Ado das konveniert, gern, Toinette, es wär mir ein Vergnügen.“

„Mir auch, Kari Bühl."

Sie strich an ihm vorbei, lief nach unten, veranlasste alles Nötige und verlor sich dann konversierend im Soirée-Geschehen.

„Jetzt hab ich dem Wagen nicht gsagt, dass er nach dem Bahnhof wiederkommen soll, jetzt wird er heimgfahrn sein."

„Ich werd sofort Anweisung geben …"

„Keine Anweisung, Graf Kari, bitte keine! Ich kann mich vor lauter Anweisungen-Geben schon gar nicht mehr retten. – Begleitet Er mich?"

„Wohin?"

„Na, in die Laudongasse, wo sonst hin?"

„Zu Fuß?"

„Ja, zu Fuß, warum nicht? Aber nur, wenn Er wirklich mag! Es verspricht ein wunderschöner Spätsommermorgen zu werden, oder schon die erste Ankündigung eines milden Herbstes?"

Sie gingen über den Hof in Richtung Freyung, aus dem dritten Stock atemlos beobachtet von Stani Freudenberg, der sich trotz seiner fünfzehn Jahre sofort und unsterblich, dessen war er sich ganz sicher, in diese schönste Frau der Welt mit dem mahagoni schimmernden Haar, der Figur einer griechischen Göttin und den azurblauen Augen einer Nixe, die ihn ein wenig an die seiner Großmutter erinnerten, verliebt hatte.

Es dämmerte längst, als sie wie auf einen geheimen Befehl hin in die schmale Naglergasse bogen, anstatt über die Freyung und die Teinfaltstraße Richtung Josefstadt zu gehen, und sich auf dem Graben wiederfanden, wo Hans Karl neben der Pestsäule stehen blieb, Toinette mit der größten Selbstverständlichkeit an sich zog, umarmte, um ihren Körper spüren zu können, minutenlang. Dann nahm er ihren Kopf in beide Hände, tauchte seinen Blick in den ihren und küsste sie, zunächst zart, dann begehrender werdend, was Toinette geschehen ließ, ja, mit wachsender Leidenschaft erwiderte.

„Es gibt da eine kleine Wohnung im Bräunerhof, ganz in der Nähe, wo wir einen Morgentee haben könnten", flüsterte Hans Karl.

„Das ist vielleicht eine ganz gute Idee, weil hier auf dem Graben könnt man ja sonst was von mir denken."

„Gar nix kann man von dir denken, als dass da eine wunderschöne Frau ist, in die ich mich Hals über Kopf verliebt hab."

Er nahm ihre Hand und zog sie fast laufend die Dorotheergasse hinunter, und als er die doppelt verglaste Eingangstüre in der Stallburggasse aufsperrte, meinte sie tadelnd: „Eine Wohnung so nah von daheim?“

„Das Haus ist ganz neu, vier Jahr ist es erst alt, und es hat mir gfallen, und ich kenn den Hausherrn, und der hat mir – da hab ich halt eine Wohnung genommen“, er hatte den Lift gerufen und zitterte ein wenig bei dem Versuch, seinen Schlüssel einzuführen, um ihn zu öffnen, was ihm aber nach vier Versuchen gelang, „halt auch, um ein bissl ungestört zu sein“.

Die durchsichtige Kabinentüre fiel in ihr Schloss, er drückte auf den Messingknopf unter der Fünf und der floral eingefasste Eisenkorb schwebte langsam nach oben, langsam genug für einen Kuss.

AUGUST

Langsam, unendlich langsam, für Leonore Bühl viel zu langsam, wurde der Torre de Belém, das Wahrzeichen einstiger Größe der gloriosen Seemacht, kleiner und kleiner, als die Königin Elizabet endlich das Tejodelta mit Kurs auf Liverpool verlassen durfte.

William Brod-Spencer hatte, zusammen mit den anderen Briten an Bord, keinen unwesentlichen Anteil daran, dass ein Schiff der ungarischen Seegesellschaft Adria den Lissabonner Hafen überhaupt anlaufen durfte. Portugal war zwar offiziell neutral, hatte sich aber mit Ausbruch des Krieges Großbritannien aliiert, um seine afrikanischen Kolonien in Moçambique und Angola halten zu können, und am zwölften August war die englische Kriegserklärung an Österreich-Ungarn erfolgt, am elften die von Frankreich, und weil der Kapitän Imre Tiszayi verfügt hatte, in Lissabon die Kapazitäten seines Schiffes mit Familien und Bürgern des Vereinigten Königreiches, worunter sich auch Soldaten und Offiziere befanden, auszulasten, erlangte die Königin Elizabet jenen Sonderstatus, der es ihr ermöglichte, als österreich-ungarischer Überseedampfer französische und britische Gewässer ungehindert zu passieren.

Die Stimmung an Bord war eine glückliche, alle, vom Heizer über die Reisenden der drei überfüllten Klassen bis hinauf zum ersten Offizier auf der Kommandobrücke, waren sich dessen gewiss, mit dieser Passage einen Glückstreffer aus der Lotterietrommel des Lebens gezogen zu haben, und die Passagiere der Ersten Klasse wollten es sich tagelang nicht nehmen lassen, Imre Tiszayi bei den Kapitänsdiners für seine mutige Entscheidung, von der alle wussten, dass sie der des Wiener Armee-Oberkommandos diametral entgegenstand, gebührend zu feiern.

In diesem Hochgefühl der Gewissheit, schrecklichen Ereignissen entkommen zu sein, gingen die Tage hin und die milden Nächte. Manchmal nachmittags, wenn der riesige kirschholzgetäfelte Speisesaal mit der Tanzfläche frei war, bat Leonore William an den Bechsteinflügel auf dem Orchesterpodium; sie konnte sich an jener Pavane von William Byrd nicht satthören, die er ihr so oft in der Villa über der Promenade nach Lovrano vorgespielt hatte, bei geöffneten Fenstertüren hinaus auf die Terrasse über dem Mondspiegel des Meeres. Dieser großzügige, weit ausholende Tanz aus der Zeit Shakespeares war ihr wie eine zarte Hymne auf die Vergänglichkeit alles Menschlichen, und dabei doch voll von unendlicher Hoffnung.

Am Abend des dreiundzwanzigsten August, einem Tag, an dem die Kriegserklärungen Japans an Deutschland und Österreich-Ungarns an Japan telegrafiert wurden, die Königin Elizabet hatte die keltische See im offenen Atlantik mit Kurs auf die Britische Insel erreicht, notierte der erste Funkoffizier eine Anfrage des verbündeten deutschen Unterseebootes „Fürst Blücher", ob die Königin Elizabet englische Truppen und Offiziere nach Großbritannien transportiere. Der Funker erstattete Kapitän Tiszayi auf der Brücke umgehend Meldung, die dieser ärgerlich mit „Englische Reisende in Lissabon an Bord nach Liverpool genommen" zu beantworten befahl.

Nach dem Diner, dessen Menü-Karten bei gleich gebliebenen Speisen nun kriegsbedingt nicht mehr in Französisch abgefasst werden durften, wurden die Türflügel des Saales auf das erste Deck geöffnet, sodass die Musik ihren Weg ungehindert in die sternübersäte Nacht nehmen konnte, wobei das Salonorchester die Eigenart hatte, nach ihren Operettenwalzer- und Tango-Programmen den Valse triste von Jean Sibelius, so hieß das Stück, wie Leonore in Erfahrung bringen konnte, zu spielen, denn das Paar wartete nur auf diesen gelassen schwermütigen Tanz, dem es sich zumindest einmal an jedem dieser unwiederbringlichen Abende überließ, so auch in dieser Nacht, als ein dumpfer Schlag das Schiff erschütterte, dessen Bug sich im Nachzittern der Detonation sofort zur See senkte, als wolle es in diese eintauchen, was Leonore veranlasste, sich in die Seidenspiegel von Williams Frack zu krallen, um nicht von Deck zu gleiten. Ein zweiter Schlag ließ die Königin Elizabet mit tiefer gesetzter Reling wieder emportauchen, nach einem dritten neigte sie sich wie ein urzeitliches Tier ihrem Untergang entgegen, löschte ihre Lichter und begann zu sinken.

Leonore, die sich mithilfe Williams der dem Wasser gegenüberliegenden Bordwand entgegenziehen konnte, hielt sich an einem der weiß lackierten Eisenträger, an denen die Rettungsboote hingen, die von den Matrosen in panischer Angst abgelassen wurden, schiffs- und wasserwärts, weil die „Königin" nun schon waagrecht liegend schwamm, sodass sich die Menschen aneinander, ineinandergeklammert auf den Schornsteinen zu halten versuchten. Menschen arbeiteten sich schreiend aus eingeschlagenen Fenstern, drängten, stießen einander zurück, stiegen aufeinander, aber Leonore hörte nicht das verhundertfachte Gebrüll der Todesangst, nicht die gellenden Schreie der Verzweiflung, in ihr ging jener traurige Walzer zu Ende, den sie doch mit William vor Kurzem erst begonnen hatte, aber durch die in den Himmel zischenden Leuchtraketen nahm sie Menschen wahr, die sich da weit unter ihr in niedergestürzte Rettungsboote kämpften, treibende Schwimmwesten an sich rissen oder die lotrechten Decks zu erklimmen suchten.

Nach mehrmaligen Rufen ihres Namens bedeutete ihr William, auf ein verbliebenes Boot weisend, dass er dieses ablassen und besetzen wolle, worauf sie auf sein Zeichen mit ihrem Seidenschal um die Hände gewickelt, an dem vorhandenen Seil so langsam wie möglich niedergleiten solle. Ob sie sich dazu in der Lage sähe? Leonore sah das Rettungsboot, das kinderarmstarke Tau, nickte zweimal, schaute ihm in die Augen, löste vorsichtig ihre rechte Hand von dem Pfeiler und legte sie auf seine Stirn, worauf sich William über den waagrechten

Rost der Reling zu den Tauen zog, Tritt zu finden suchte und, auf dem Gitter balancierend, Heck und Bug Meter um Meter abließ, bis sich das rettende Boot endlich vor dem senkrecht stehenden Achterdeck aufs Wasser setzen ließ, wo es sofort von schreienden, um sich schlagenden Menschen erklommen und eingenommen wurde.

William zog seine weißen Glacéhandschuhe an, ließ sich hinuntergleiten, drängte einen schmalen Korridor frei und rief Leonore, die, ebenso wie er über die Relingstangen auf das Tau zukroch, sich langsam aufrichtete, tief unter sich einige quälende Sekunden lang das bereits überfüllte, immer heftiger umkämpfte Rettungsboot betrachtete, sich dann umwandte, achtsam auf dem Rumpf der Königin Elizabet balancierte und, einmal noch von einem roten Kometen aus dem Dunkel geschält, in der Sternnacht verschwand.

JANUAR

Seit Wochen wütete ein Eissturm über Galizien gegen die Karpaten, wo das Regiment Hans Karl Bühls in den unzugänglichen Bergtälern gegen die fanatisch in die ungarische Tiefebene drängenden Russen Stellung bezogen hatte. Lemberg war gefallen, Przemyśl, eingeschlossen, flehte um Entsatz, der Krieg war schon im ersten Winter über Tausenden von Leichen auf allen Seiten zum Stillstand gekommen, er schien bereits verloren, als Hans Karl die Depesche erreichte, dass ihn sein Kommandant Major von Hainberg als zweiten Adjutanten zu einer Lagebesprechung des nunmehr vereinigten Generalstabs für den übernächsten Tag um elf Uhr nach Nadvorna, einem Provinznest in den waldigen Ausläufern des Gebirgszugs, beordere.

Er betrat das requirierte Schulgebäude kurz nach zehn, nachdem er seiner Ordonnanz befohlen hatte, sich im nächstgelegenen Bauernhof um die Pferde zu kümmern, sie abzureiben, zu wärmen, zu füttern, und war erstaunt darüber, dass in einem großen Klassenzimmer des ersten Stockwerks aus Schulbänken und Latten ein langer Kartentisch aufgebaut war, auf dem sich Schlesien, der Ausläufer des Deutschen Reiches, ganz Galizien, daneben die Bukowina, darunter Ungarn und davor, sich entlang aller Landesgrenzen erstreckend, das Russische Reich, bis ins kleinste Detail kartografiert ausbreiteten, darauf farbige kleine Holzriegel, die die Truppenbestände Österreich-Ungarns, Deutschlands, Russlands und deren Situierung anzeigten.

Entgegen trat ihm ein auffallend hellhäutiger, blonder Offizier seines Alters, der sich salutierend als „Oberleutnant Theophil von Neuhoff, Freiherr, Adjutant seiner Exzellenz Generals von Linsingen, Befehlshaber der ersten und dritten Garde-Division, der fünften Kavallerie-Division und der 48. Reserve-Division“ vorstellte, auf den General verwies, der mit fünf ranghohen Offizieren über der Karte gebeugt stand, aber nicht aufsah, worauf Hans Karl seinerseits Namen, Rang und Funktion nannte.

„Hauptmann Bühl – Bühl – Graf Bühl?“

Hans Karl bejahte militärisch.

„Sind Sie nicht der Jugendfreund des Schwagers unseres Bundesgenossen, des Erzherzog Thronfolgers, der in der feindlichen belgischen Armee Dienst tut?“

„Dass Prinz Sixtus von Bourbon-Parma in der belgischen Armee Dienst tut, ist mir nicht bekannt, wohl aber, dass wir dieselbe Schule besucht haben." Er streifte seine zinnfarbenen Raulederhandschuhe ab und öffnete seinen doppelt geknöpften feldgrauen Filzmantel.

„Mit dessen jüngerem Bruder Xaver, nicht wahr?

„Mit dessen jüngerem Bruder Prinz Xavier von Bourbon-Parma, Baron von Neuhoff."

„Da können Sie mal sehen, Graf Bühl, dass auf unsern Nachrichtendienst Verlass ist. Jedenfalls sollten wir dieses Gespräch gelegentlich vertiefen, immerhin stehen Sie ja mit dem Feind in einem nicht unbedenklichen direkten Kontakt."

„Jederzeit, Baron von Neuhoff, nur habe ich Seine Durchlaucht seit dem letzten Sommer leider nicht mehr begegnet, genau genommen war es am dritten Juli, als wir Seiner Kaiserlichen Hoheit Thronfolger Franz Ferdinand auf Wunsch seines Nachfolgers das letzte Geleit gegeben haben, und das war noch im Frieden."

Als General von Linsingen seinen Adjutanten mit dem scharfen Ruf „Neuhoff, jetzt könnte aber der Östreichische Stab doch schon bald mal erscheinen!" an den Kartentisch zurückbeorderte, betrat dieser sechsköpfig unter der Führung des obersten Kommandanten der k.u.k. Armeen forschen Schrittes das Klassenzimmer, das die befehlsgewohnte Stimme des Baron Franz Conrad von Hötzendorf sofort und mühelos füllte.

„Wir danken im Namen Seiner Kaiserlichen Majestät Seiner Majestät Kaiser Wilhelm, unserem treuesten und einzigen Bundesgenossen, von Italien einmal abgesehen, für die brüderliche Hilfe, die er uns in dieser schwierigen Lage durch dich, mein lieber und hochgeschätzter General Alexander, angedeihen lässt."

Nachdem die Offiziere wechselweise voreinander salutiert, der Chef des österreichischen Generalstabes und der deutsche General einander umarmt hatten, wandten sich die Herren auf die ungeduldige Bitte von Linsingens, von Situation, Armeestellungen, Truppenbewegungen, Strategieplänen informiert zu werden, der Karte zu, mit der nach drei Stunden erzielten Übereinkunft, dass die so bezeichnete Deutsche Südarmee unter General von Linsingen die östliche Flanke bis über die Bukowina hinaus gegen Russland übernähme, um Franz Conrad von Hötzendorf mit der zweiten und Teilen der dritten k.u.k. Armee den strategisch und propagandistisch eminent wichtigen Entsatz der Festung Przemyśl zu ermöglichen, während Major von Hainberg mit dem verbliebenen Heeresverband der dritten Armee den Karpatenwall gegen die anstürmenden russischen Verbände zu halten habe, um ein von allen gefürchtetes Eindringen in die ungarische Tiefebene unter allen Umständen zu verhindern.

*

Die Schneestürme dauerten fort, wochenlang, Tag um Tag, Nacht für Nacht, aber die Schanzen, die Unterstände, die Oberleutnant von Hechingen mit seinen Pionieren auf eintausend bis eintausendfünfhundert Metern auf einer Frontlinie von sechzig Kilometern in das Gebirge hatte schlagen lassen, hielten den wild attackierenden Kavallerie-Korps der gedeckt operierenden Infanterie, die aus einem Nichts auftauchte, in das sie ebenso wieder verschwand, mit Mühe stand, aber die Moral der Truppen, denkbar schlecht oder gar nicht ausgerüstet, war doch von der obersten Heeresleitung das Versprechen abgegeben worden, Weihnachten wieder zu Hause feiern zu können, schwand mit jedem dieser grauenvoll kalten Tage, in denen nachts die eisüberzogenen Thermometer bis unter minus fünfundzwanzig Grad Celsius sanken, was Major von Hainberg dazu bewog, einen zwanzig Kilometer breiten Korridor nach dem Ort Stryj anzubefehlen, um wenigstens Lebensmittel und warme Unterkleidung für seine Verbände zu requirieren und eine Verbindung mit dem in der offenen Landschaft Galiziens operierenden Heer wiederherzustellen. Hans Karl Bühl erhielt Ordre, die Gebirgsfront mit seinen verbleibenden Schützen zu halten.

Endlose Tage, endlose Nächte zerklirrten an den Karpatengipfeln, bis an einem dieser halbdunkeln Nachmittage schweres Artilleriefeuer aufzugrollen begann und die Stellungen unter anstürmenden Beschuss genommen wurden, den Hans Karl mit permanentem Maschinengewehrfeuer zu beantworten befahl. Aber Welle auf Welle schwappte durch die weißen Täler, die eisigen Schluchten empor, bis die Dunkelheit sie anzustauen schien, um sie im Morgengrauen desto heftiger wieder losbrechen zu lassen.

Die Offensive hielt an, tagelang, vom Morgen- bis zum Abendgrauen, sodass Hechingens Pioniere in den waghalsigsten, verlustreichsten Eilgeländemärschen über Kilometer hin für Munitionsnachschub zu sorgen hatten, während sich die Anstiege und Driften schwarz mit Leichen füllten, über die immer neue Sturmwellen brandeten, die der unter ihnen trittgebenden gefallenen Kameraden nicht achten durften und selbst zu Füllmaterial für die Nachstürmenden wurden, hinter das die russische Artillerie unter schier übermenschlichen Kräften so nahe geschleppt, gezogen, gehoben wurde, dass sie die österreichischen Stellungen endlich mit schwersten Geschützfeuer überziehen konnte, deren eines in dem felsbefestigten Hügel über Hans Karl Bühls Gefechtsstand einschlug und ihn mit seiner Mannschaft unter sich begrub.

NOVEMBER

Seit fast einem Jahr durften Kriegsverletztentransporte auf Befehl der obersten Heeresleitung nur nachts ankommen, damit die Bevölkerung von Wien ob der in die Hunderttausende gehenden Verwundeten in Ruhe gehalten werden könne. Die zwanzig bis vierzig waggonlangen Güterzüge fuhren in die Bahnhöfe ein, ihr Inhalt, Schwerverletzte und Verwundete, wurde auf Lasttransporten in die Spitäler und unzähligen neu in der ganzen Stadt eingerichteten Notlazarette verteilt, wonach die Kolonnen Wien nach Möglichkeit im Morgengrauen zu verlassen hatten, teils um den fast zum Erliegen gekommenen Personenverkehr nicht zu behindern, vor allem aber, um noch verfügbare Waffen und schweres Gerät in die jeweiligen Schlachtenzonen zu transportieren, ehe sie wieder mit jenen Verwundeten beladen wurden, die in den Spitälern der Garnisonsstädte und den überfüllten Feldlazaretten der Kriegsschauplätze keinen Platz mehr fanden. So geschah es auch in dieser Novembernacht.

Helene Altenwyl hatte sich im Sommer zur Krankenschwester ausbilden lassen, nachdem sie mit Beginn des letzten Wintersemesters begonnen hatte, Medizin zu studieren, ein Studium, das sie aufgrund der allgemeinen Notlage unterbrach, um in ihrer ehemaligen Schule, dem seit Kriegsbeginn in ein Lazarett umgewandelten Sacré Coeur, Krankendienst zu tun.

Es war die vierte Aufnahme in dieser Nacht, im Innenhof des Klosters reihte sich Bahre an Bahre, sie standen bis hinaus vors geöffnete Tor und den Rennweg hinunter, die Luft dieses feuchtkalten Nebelmorgens war wie jede Nacht, wie jeder Morgen erfüllt von Schmerzenslauten, vom Stöhnen der angelieferten Soldaten, deren Verletzungen Helene Altenwyl, Schwester Lena Alt, wie sie sich mit ihrem Schulnamen nennen ließ, festzustellen versuchte, um sie auf diejenigen Studierzimmer und Gänge verteilen zu lassen, die ihren medizinischen Erfordernissen entsprechend den verschiedenen Klassenzimmern, in denen operiert, genäht und amputiert wurde, am nächsten lagen.

Sie war zu einem Mann gekommen, der sich, gekrümmt wie ein Embryo, zitternd in seinen verdreckten Mantel verkrallt hatte. Sie kniete nieder, versuchte behutsam seinen im Krampf erstarrten Arm zu lösen, worauf er seine Augen aufschlug.

„Sie müssen bitte Ihre Leibesmitte freigeben, damit ich Ihre Uniformjacke entfernen und den Verband sehen kann."

„Wozu?"

„Damit wir Ihre Wunde versorgen können."

„Die Mühe können Sie sich sparen, Schwester, Bauchschuss, geht nimmer lang, frag mich, warum sie mich überhaupt noch transportiert haben", stieß er flüsternd in kurzen Atemstößen hervor.

„Damit wir Sie wieder in Ordnung bringen, Herr –"

„Hütter, – Hütter Franz, – Zugführer – bei der dritten – Armee, der – Karpaten – Armee."

„Und wann sind Sie geboren, Herr Hütter?"

„Zweiundzwanzigster September Einundneunzig, – Achtzehnhundert – einund – neunzig. – Das hat – sich meine – Mutter – bestimmt nicht – gedacht, – dass ihr Bub – einmal – nach Galizien – muss, – wo er sich – einen russischen – Bauchschuss – abholt."

Helene beugte sich dicht über sein rechtes Ohr, weil sie kaum auszusprechen wagte, dass ein entfernter Verwandter von ihr auch in der dritten Armee, sie glaube, als Hauptmann diene und auch in den Karpaten stationiert sei, und dass man seit dem Winter Fünfzehn nichts mehr von ihm gehört habe.

„Die – schlimmste Schlacht. – Heißt?"

„Bühl, Hans Karl Bühl."

„Hauptmann – Bühl?"

Helene nickte.

„Mein – Hauptmann." Er schloss die Augen.

Sie sprang auf, rief die Namen der Träger Franz und Karl über den Hof, rief sie nochmals, lauter, ein drittes Mal schrie sie: „Franz! – Karl!"

Die Träger erschienen, aber im ersten Stock wurden beide Flügel eines Fensters aufgeschlagen. „Gleich, Schwester Lena, gleich", beschied Chefarzt Doktor Sigwarter Helene und bat um absolute Ruhe.

„Es ist meine traurige Pflicht, Ihnen allen mitteilen zu müssen, dass unser aller geliebter Vater, seine apostolische und allergnädigste Majestät Kaiser Franz Joseph am heutigen frühen Morgen nach dem Empfang der heiligen Sakramente friedlich in der kaiserlichen Residenz von Schönbrunn von uns gegangen ist. Gott sei uns allen gnädig!"

„Amen", murmelten einige Stimmen, dann war es still, totenstill, selbst das Stöhnen hatte aufgehört, und mit tränenerstickter Stimme begann Doktor Sigwarter: „Gott erhalte, Gott beschütze –"

„Unsern Kaiser, unser Land!", setzte das Heerlager des Sacré Coeur fort, „Mächtig durch des Glaubens Stütze", die Verwundeten versuchten sich von ihren Bahren zu erheben, „Führ er uns mit weiser Hand!" Einige vermochten es, einige fielen neben ihre Liegen auf den Steinboden, einige hoben die Hände betend gegen den grauen Himmel, „Lasst uns seiner Väter Krone", die, welche aufzustehen vermochten, „Schirmen wider jeden Feind", streckten ihre Arme nacheinander aus, fassten einander, stützten sich, „Innig bleibt mit Habsburg Throne" sang jetzt eine zerlumpte, zerschossene, zerrissene, aus offenen Wunden blutende Kompanie von Krüppeln und Schwerverletzten gegen den riesigen geschundenen Körper des Gekreuzigten, der neben dem Eingangsportal auf die weiße Klostermauer genagelt war, „Österreichs Geschick vereint". – Ein Moment des Nachhalls von „Geschick vereint", dann brach alles klirrend, krachend, schreiend in sich zusammen und vor Helene standen die beiden Krankenträger.

„Dieser Bauchschuss muss sofort zum Chef, Notoperation mit Sepsisverdacht."

Hans Karl hatte den Ado Hechingen versprochenen Freundschaftsdienst, dessen gesammelte Feld- und Liebesbriefe während seines kurzen Fronturlaubs persönlich zu übergeben, auf Lukas übertragen, der den halbstündigen Weg vom Hof in die Laudongasse zu Fuß zurücklegte, weil der öffentliche Verkehr seit Anfang des Monats eingestellt und Crescence mit dem Automobil noch nicht von Hohenbühl zurück war. Lukas kehrte unverrichteter Dinge zurück, übergab die Koppeltasche und meldete, dass die Frau Gräfin Hechingen auf Schloss Dornbach in Kärnten weile und er das Paket keinem Personal übergeben wollte, weil er dieses persönlich auszuhändigen den Auftrag hatte. Er habe die Telefonnummer von Schloss Dornbach und werde sogleich eine Verbindung herzustellen versuchen, falls Seine Erlaucht dies wünsche, was Hans Karl bejahte, worauf er die Briefe in seiner Schreibtischlade verschloss, an eines der Eckfenster seines Arbeitszimmers im zweiten Stock trat und dem Platz entlang der Jesuitenkirche zu jener Gasse folgte, die er in der Augustnacht vor zwei Jahren mit Antoinette Richtung Graben genommen hatte, anstatt sie in die Josefstadt zu begleiten. Sein Blick wanderte zurück zu den Steinvasen der Kirchenloggia, von der das Ende des Heiligen Römischen Reiches Deutscher Nation und die Geburt des Kaisertums Österreich proklamiert worden war. Achtzehnhundertsechs war das, wie er von Pater Lorenz gelernt hatte, und Napoleon war es, der das Heilige Reich zerschlagen hatte, und aus dem Kaiser dieses Reiches, Franz II., wurde Franz I., Kaiser von Österreich. Und daneben, im aufgelassenen Kloster, war, bis die Jesuiten vor wenigen Jahren wieder zugelassen wurden, das Hofkriegsministerium. Das Kriegsministerium. Gab es überhaupt noch ein anderes Ministerium? War nicht alles nur diesem einen Ministerium unterstellt, und übten nicht jene Militärs eine Schreckensherrschaft aus, unter der das Reich zerfiel, mehr und mehr zerstückelt wurde? Der alte Kaiser war tot, neun Tage und neun Nächte war er tot, und dumpfe Trommeln ließen die Stadt erbeben auf seinem letzten Weg vom Stephansdom zur Kapuzinergruft.

Warum, warum hatte er sein Reich jenen reißenden Wölfen als Beute überlassen? Wer würde ihnen Einhalt gebieten? Karl, der neue neunundzwanzigjährige Kaiser, der Schwager von Sixtus und Xavier?

Lukas war eingetreten, ohne dass Hans Karl auf sein Klopfen reagiert hätte.

„Darf ich Euer Erlaucht vermelden bitte", begann er leise, „dass es möglich gewesen ist, nach Schloss Dornbach zu telefonieren."

Hans Karl wandte sich um. „Bitte, Lukas." Er lehnte sich an die Fensterbank.

„Bitte, Erlaucht, dass die Frau Gräfin nicht auf Schloss Dornbach, sondern im etwas entfernten Jagdhaus in der Grünleiten Ruhe zu finden trachtet, hat mich die Zofe der Frau Gräfin, eine gewisse Agathe Kirnbauer, wissen lassen, mit der mich ein dortiger Diener verbunden hat, dass man ihr die Nachricht aber sofort zukommen lassen werde, was die Frau Gräfin ohne Zweifel veranlassen würde, umgehend nach Dornbach zurückzufahren, die Frau Gräfin chauffiere nämlich selbst, versicherte mir die Zofe ein wenig attachiert, wenn ich mir die Bemerkung erlauben darf, um selbst den Kontakt mit Seiner Erlaucht aufzunehmen, weil in der Grünleiten kein Telefon besteht."

DEZEMBER

Hans Karl saß im einzigen Personenzug, der noch einmal pro Woche, Abfahrt viertel fünf, Wien mit Kärnten verband.

Graz, Marburg, Klagenfurt, Villach, auf dem Bahnhof jeder dieser Städte mussten sie warten, bis die Truppentransporte an ihnen vorbei waren. Immer noch Truppentransporte, wohin? In die Krain, nach Triest, Italien? – Ja, nach Italien, das das Bündnis aufgekündigt und Österreich nun auch den Krieg erklärt hatte, Dolomitenkrieg, Isonzofront, wo er in knapp einer Woche hinbeordert war. Spittal an der Drau, dort würde ihn Antoinette am späten Abend erwarten, was auch geschah.

Hans Karl sah sie sofort während der Einfahrt in die kleine Bahnstation am Perron stehend, in einen Pelz gehüllt, den Kopf mit etwas wie einem Zobelturban gegen die Kälte geschützt. Als er ausstieg, verhüllte ihn eine Wolke aus Dampf und Rauch, aber es gellte ein Pfiff, der den Nebel aufzulösen schien, sodass er ihr gegenüberstand, allein, nur er und sie, sie und er, auf diesem Schneewind durchzogenen Bahnsteig. Für die kurze Dauer endlos empfundener Herzschläge wagten sie sich, nicht zu bewegen. Endlich ging er auf sie zu, stellte seine Tasche ab, wollte ihre Hand zum Kuss einladen, sie wehrte ab, hob ohne Eile ihre Arme, umfing ihn, so wie er sie, und sie verschmolzen zu einem ewigkeitstrunkenen, bewegungslosen Kuss.

*

Er erwachte nach einem unerschöpflichen Schlaf so ruhig, so ausgeruht, so, wie er seit Jahren nicht mehr aufgewacht war, in einem sonnendurchfluteten, warmfarbigen Zirbenholzraum, ihre Daunendecke war zurückgeschlagen, er fühlte unter sie, ob ihre Wärme noch zu spüren war, aber sie war verflogen, leichten Flügelschlags verflogen wie diese Nacht, diese „verklärte Nacht", stellte er halblaut fest, nicht ohne an Schönbergs überirdische Orchesterfantasie zu denken, von deren alles miteinander verschmelzender Schlussapotheose er sich aus dem Bett und in eine der lichterfüllten Fensternischen getragen glaubte.

„Wir fahren nicht in den kalten Kasten nach Dornbach, wenn du erlaubst", hatte sie ihm zugerufen, als die Scheinwerferkegel ihres Austro-Daimler das dichter werdende Schneetreiben kaum mehr zu durchdringen vermochten, „wir fahren ein Stückl höher hinauf, zum Jagdhaus in der Grünleiten, da ist es wenigstens warm von den Kachelöfen, könnt mir sogar vorstelln, dass es dir gfallt da oben. – Na ja, wirst es ja sehn morgen Früh, wenn's Wetter mittut."

Und das Wetter tat mit. Vor ihm, zu beiden Seiten, erstreckte sich der lang gezogene Korridor eines tief in die weiß leuchtende Landschaft eingefurchten Flusstales, dessen waldige Gegenseite noch vom Morgenschatten überworfen war, die Gletschergipfel darüber aber schon wie aus sich selbst heraus zu erstrahlen schienen.

„Das ist der Bartelmann und die Tandlspitze, und ganz hinten, nach dem Gössbachtal, die Höhennockn und die Schmiednockn."

Antoinette Hechingen war mit einem Tablett hereingekommen, sie drückte den leise geöffneten Zirbenflügel der Doppeltüre mit dem Ellbogen in sein Kastenschloss zurück, setzte das Frühstück auf die wabenförmige Platte eines bäuerlich geschnitzten, halbhohen Beistelltisches, goss Tee in zwei geweihbemalte Porzellanschalen und setzte sich ins Morgenlicht.

„Das war doch ein Earl Grey vor Kurzem, da, in der Stallburggasse?"

„Es war ein Earl Grey in der Stallburggasse."

Hans Karl, ein wenig peinlich berührt, dass er seinen Sitz vis-à-vis von Toinette noch immer im Morgenmantel einnehmen musste, war er doch aufs Neue fasziniert von ihrer geradezu bildhaften Erscheinung, die ihn an die Trachtenvignetten in Konrad Mautners Raspelwerk erinnerte, diese Volksweisenbibel des Steirischen Salzkammergutes aus der lange nicht geöffneten Privatbibliothek seiner Mutter.

„Wir könnten einen Ausritt machen, wenn du das magst. Ich muss meine Afra heut sowieso bewegen, weil gestern und vorgestern so ein schlechtes Wetter war, dass die Pferde nicht hinaus können haben, ich muss es nur dem Nepomuk sagen, dass er satteln kann."

„Ja, danke, gern, aber bleib noch eine Minute, bitte", hielt sie Hans Karl zurück.

„Auch zwei, drei, wenn du willst, ich glaub nämlich, dass ich ziemlich genau das tun will, was du möchtest."

„Und was möcht ich, dass du tust, wenn ich dich das fragen dürft?"

„Dass man dich lieb hat, das möchtest du, auch wenn du dem Liebhaben davonlaufst, wenn du es hast, weil du vor dir selber davonlaufst."

„Toinette, ich bitt Sie, das ist wegen dem Ado, der mir ein wirklicher Freund –"

„Das weiß ich schon, das hab ich schon herauslesen können aus den Briefen, die er mir seit etwa einem halben Jahr schreibt, und nix anders wird auch in dem Konvolut stehn, das Er mir gebracht hat. – Aber das ganze Jahr davor, von der Stallburggasse an, da hast du nix schreiben können, weil du so weit hast weglaufen müssen."

„Toinette, ich könnt –"

„Schscht." Sie stand auf und stellte sich ins Fenster, wo die schräg einfallenden Sonnenstrahlen ihre Gestalt so deutlich nachzeichneten, dass sie Hans Karl in all seine Sinne gebrannt wurde, das schottisch gemusterte Miederdirndl, das petrolblaue Schürzenband, die schneeweiße Bluse, die Arme, die flaumweichen Linien des Halses, der Lichtkranz um das goldbraun schimmernde Haar.

„Er könnt sich jetzt fertig machen, das könnte Er. Nebenan, zwei Türen weiter, im Ankleidezimmer meines Vaters, findet Er alles, was Er braucht."

„Pardon, Toinette, aber –“

„Pardon, Kari, meines vor fünf Jahren verstorbenen Vaters, der nach dem Tod meiner Mutter ganz allein hier heroben gelebt hat, nur mit der Minna und dem Wendelin Kopeinig, seinem lang gedienten Jäger, mit dem Nepomuk Feistritzer für die Pferde und der Frau Schaschinger und ihrem Mann, die für alles Übrige zuständig sind, auch für unser Ritschert dann, wenn wir zurückkommen. Alles Gwand ist übrigens geputzt und versorgt, ich wollt nur in dem Zimmer alles so lassen, wie's war, damit ich mich an ihn erinnern kann. Ich hab ihn nämlich sehr gern gehabt, meinen Vater, und hab mich auch von ihm sehr gern gehabt gefühlt, schon immer, aber besonders natürlich, als meine Mutter gstorben war.“

„Müsst ich ihn kennen, deinen Vater?“

„Glaub nicht, dass du ihn begegnet hast, er hat Wien nie mögen, wie übrigens alle Ladinsas nicht, und jetzt hat's ausgerechnet mich dorthin verschlagen …“

„Aber wenn's dich nicht dorthin verschlagen hätt“, Hans Karl musste aufstehen, hingehen zu dieser Frau und sie umarmen, „dann hätten wir uns nicht –“

Sie entzog sich ihm.

„Meint Er, dass das vielleicht so etwas wie Leben ist? – Ich glaub, die Afra und der Primo sollten dann hinaus, und ich muss mich auch noch umziehn und du dich auch, und über Familiensachen plaudern können wir noch lang, solang wir wollen, weil ich das Gefühl hab, dass wir alle Zeit von der Welt haben könnten."

„Die meine endet in der nächsten Woche, wenn ich wieder ins Feld muss, im Vergleich zu Galizien beiläufig gar nicht so weit weg von hier."

„Wo, wenn du erlaubst?"

„Piezzo und Talmino. Unsere Einheiten, oder das, was von ihnen noch übrig geblieben ist, sind an den Isonzo verlegt worden."

FEBRUAR

Plötzlich fühlte Hans Karl, dass er aufgerichtet wurde, emporgezogen von zwei Händen, geschoben von vier Händen, die ihn aus dem schweißnassen, kalten Barchenthemd schälten.

„Der Herr Hauptmann wird jetzt gewaschen und neu adjustiert."

„Buon giorno, guten Morgen, Herr Hauptmann!", grüßte eine Frauenstimme, wischte mit einem warmen Lappen über sein Gesicht, seinen Hals, über seine Schultern, seinen Rücken, „Heut müss ma schon ein bissl fesch sein, weil uns Seine Majestät besuchen kommt, Truppeninspektion Süd", sein rechter Arm wurde gehoben, die Schwester tauchte den durchlöcherten Fetzen in einen Blechkübel, wrang ihn aus, wusch seine Achsel, sein linker Arm wurde gehoben, sie wusch seine linke Achsel, „Jetzt waren wir aber lang nicht da, Herr Hauptmann, den ganzen gestrigen Tag und diese Nacht nicht!", eine Leibflasche wurde ihm unter die mausgraue Filzdecke geschoben, „Aber wir haben viel erzählt, von der Mama und von – von da Toanett und von da Elen …". Er hörte seine

Zähne klappern, er fror, sein frisch austretender kalter Schweiß wurde abgerieben. „Und das Fieber werden wir auch gleich messen, aber erst ein wenig fesch machen für den Kaiser, und dann das Übrige." Ein frisches Flanellunterhemd wurde ihm übergestülpt, die Leibflasche entfernt. Er fühlte einen Kamm in seinen Haaren und den Schnabel einer Tasse in seinem Mund, die er gierig leersog. Er hörte, dass sein Kissen aufgeschüttelt, ein knirschender Gegenstand in seinen Rücken geschoben, etwas ihm umgehängt und er an eine aufgestellte Matratze zurückgezogen wurde. Jetzt öffnete er, nicht ohne Mühe, seine verklebten Augen und konnte allmählich, wie durch einen Schleier, erkennen, dass an allen Verwundeten im Saal gearbeitet, dass der in die Schneewiese gelegte Bretterboden gewischt, der schwarze Kanonenofen in der Mitte geschürt, die am Mittelseil des Zeltes aufgehängten Öllampen befüllt und angezündet wurden.

Draußen verhallten militärische Befehle, das Geratter ankommender Automobile, Trompetensignale. Die Plane öffnete sich wie ein schmutzgrauer Theatervorhang, der sich hinter Karl, dem neuen Kaiser von Österreich, seiner Entourage, dem Schwestern- und Ärzteteam wie durch Zauberhand wieder schloss.

Einige der Liegenden versuchten sich zu erheben, was aber Karl mit ausgebreiteten Armen und dem dünnen Ruf „Bequem, bequem, bequem!“ zu unterbinden wusste. Dann begann er an der Seite des Chefarztes Oberst Hüttenbrenner mit seinem Gefolge die Eisenpritschenreihen des Feldlazarettes abzuschreiten, erkundigte sich dabei sehr angelegentlich nach Namen und Rang jedes Einzelnen, verteilte Tapferkeitsmedaillen mit seinem Portrait und hielt endlich vor Hans Karls Bett, der zu salutieren versuchte, was ihm nicht gelang, aber dass man ihm seinen Uniformrock umgehängt hatte, das nahm er wahr.

„Hauptmann Bühl“, stellte Doktor Hüttenbrenner vor.

„Mir bekannt“, antwortete der Kaiser, „bei meiner Hochzeit vor sechs Jahren hatte ich das, allerdings nur kurze, Vergnügen. – Diagnose?“

„Schwere Pneumonie.“

„Therapie?“

„Leider keine, Majestät, wir haben nicht einmal mehr Penicillin.“

„Major Freumbichler, bitte das aufzunehmen. – Dann nehmen wir ihn eben mit, den Grafen Bühl. Genesungsurlaub in der Heimat auf allerhöchsten

Befehl! Seine Truppe wird in Kenntnis gesetzt, in unserm Zug ein Abteil für ihn hergerichtet. Oberst Hüttenbrenner, Sie sorgen mir für die Transportfähigkeit des Hauptmanns."

MÄRZ

Nach fast einem Monat des Schwebens zwischen Tod und Leben in der überfüllten Wiener Poliklinik begann sich Hans Karls Zustand so weit zu bessern, dass ihm sein Neffe Stani einen Brief mit dem Absender Pater Roman Koelliker, Kolleg Stella Matutina, Feldkirch, zur Wahrnehmung bringen konnte, der Hans Karl dazu veranlasste, Lukas umgehend an sein Krankenbett zu rufen, den er möglichst für den nächsten Tag dazu beschied, mit Jakub und so viel Brennstoff wie möglich ausgestattet, die Reise nach Vorarlberg anzutreten, um zwei ehemalige Mitschüler unter strengster Geheimhaltung nach Wien zu befördern, wo zwei Gästezimmer im hinteren Trakt vorzubereiten seien. Außerdem lasse er seine Schwester, die Frau Gräfin Freudenberg, sowie seinen Neffen Graf Stani sehr angelegentlich darum bitten, über diesen „Ausflug“ gegen jedermann und jede Frau strengstes Stillschweigen zu bewahren. Er selbst werde die Klinik in den nächsten Tagen unter allen Umständen zu verlassen suchen, um die Freunde Am Hof empfangen zu können.

*

Es war in den frühen Morgenstunden einer milden Vorfrühlingsnacht, als Sixtus und Xavier wohlbehalten in Wien einlangten. Hans Karl wurde geweckt und nach einem kurzen Imbiss für die Ankommenden begab man sich in dessen Arbeitszimmer, um die Lage zu sondieren.

Die beiden Brüder dankten Hans Karl, dass er ihnen, Soldaten der feindlichen belgischen Armee, in Wien „Unterschlupf" gewähre, sie hätten in ganz Österreich niemanden gewusst, der bereit und vertrauenswürdig genug gewesen wäre, einen solchen Freundschaftsdienst zu erbringen. Die Aktion sei von langer Hand geplant, so auch sein krankheitsbedingter Heimaturlaub, den der Kaiser verfügt hatte, um sie überhaupt erst zu ermöglichen. Karl wolle nämlich über seine Schwäger, die eine geheime Verbindung zu den höchsten Kreisen der französischen Regierung herzustellen wussten, Frankreich, und damit auch England, einen Separatfrieden anbieten, der den Kriegszielen des verbündeten Deutschen Kaiserreichs zwar diametral entgegenstünde, aber die, seiner festen Überzeugung nach, einzige Möglichkeit in sich berge, das millionenfache Morden und Sterben zu beenden.

„Morgen sollen wir uns in Laxenburg treffen, wo mir Karl einen an mich gerichteten Brief übergeben will, den ich der französischen Regierung unterbreiten soll, und du kannst dir vorstellen, wie geheim diese Operation bleiben muss“, führte Sixtus aus, „denn wenn der deutsche Bündnispartner auch nur irgendein Lüfterl davon bekäme, wär das die absolute Katastrophe, und deshalb bist uns nur du eingefallen, Kari, unter dessen Schutz wir uns da so ganz selbstverständlich und ohne zu fragen, ohne fragen zu können, es wird ja alles abgefangen, begeben haben. Und die Stella erschien uns da die beste Möglichkeit, unterzutauchen, denn bis nach Feldkirch würden wir es über die Schweiz, wo sich unsere Mutter aufhält, schaffen, was ja auch gelungen ist, wie du siehst.“

„Der Jakub wird euch morgen, nein, heut, in Begleitung von Lukas nach Laxenburg und dann wieder hierher zurückbringen.“

„Weiß gar nicht, was ich dazu sagen soll. Für jetzt einfach einmal nur, und tief in deiner Schuld, wir danken dir vielmals, Kari!“

„Ja, jedenfalls sind wir dir unendlich dankbar, Kari“, wandte Xavier hitzig ein, „aber es wär viel besser, das Treffen würd überhaupt hier stattfinden, hier bei dir, nur Karl und wir, so was könnt man doch arrangieren, wenn man über ein bissl eine Fantasie verfügt, wir sind ja schließlich auch da! Ich hab nämlich gehört, dass der Kaiser seinen Außenminister, den Grafen Czernin, zuziehen will, was meiner Meinung nach die Katastrophe schon vorwegnimmt, bündnistreu und deutsch wie der ist!"

„Jetzt lass uns doch erst einmal die Botschaft anhören, die er mir da übergibt, damit ich sie dem Präsidenten Poincaré überhaupt vorlegen kann!"

„Von mir aus, aber dann lass uns jetzt wenigstens vielleicht noch zwei Stunden niederlegen, bevor wir blöderweise da hinausfahrn müssen. Und danke, lieber Kari, wirklich unendlichen Dank, und bis gleich."

Die Bourbon-Parma-Brüder standen auf, Xavier strich Kari beim Hinausgehen über den Rücken, sie folgten Lukas, den Hans Karl mittels eines Klingelzeichens verständigt hatte, in ihre Zimmer.

An diesem vierundzwanzigsten März hatte Hans Karl ein kleines Diner aus noch vorhandenen Vorräten vorbereiten lassen, hatte die Köchin Maria am selben frühen Morgen zum Naschmarkt geschickt, um ein schönes Stück Rindfleisch für einen Tafelspitz zu ergattern, hatte Crescence um Verständnis dafür gebeten, dass er sie und ihren Buben an diesem Abend nicht zu Tisch bitten könne, stand jetzt bei geöffnetem Fenster in seinem Arbeitszimmer, um die Rückkunft seiner Freunde zu erwarten. Er genoss die ungewöhnlich laue, schon nach Schlüsselblumen riechende Vorfrühlingsluft, die seine Atmung wohltuend erleichterte, und konnte gegen acht Uhr, als er das Automobil von der Wipplingerstraße her durch die Färbergasse kommen hörte, das Tor in den Innenhof öffnen lassen.

„Bitte, Kari, hör dir das an, das musst du hören!“, begann Xavier zu lesen:

„Mein lieber Sixtus!

Das Ende des dritten Jahres dieses Krieges, der so viel Trauer und Leiden in die Welt gebracht hat … et cetera, et cetera, da: *Es ist mir daher, obwohl wir augenblicklich Gegner sind, besonders erfreulich zu sehen, dass mein Reich von Frankreich durch keine wirklichen Interessengegensätze getrennt ist und dass meine lebhaften, in der ganzen Monarchie geteilten Sympathien für Frankreich wohl zu der Hoffnung berechtigen, die Wiederkehr eines Krieges, für den ich nicht verantwortlich bin, in Zukunft zu vermeiden. Deshalb und zur Kund-*

gebung der Aufrichtigkeit meiner Gefühle in präziser Form bitte ich Dich, dem Präsidenten der französischen Republik, Herrn Poicaré, geheime und inoffizielle Mitteilung zu machen … und jetzt kommt's: *dass ich mit allen Mitteln und mit meinem ganzen persönlichen Einfluss bei meinen Verbündeten die gerechte französische Rückforderung Elsaß-Lothringens unterstützen werde.*

Belgien muss als souveräner Staat wiederhergestellt werden und seine sämtlichen afrikanischen Besitzungen erhalten, ungeachtet der Entschädigungen, die es für die erlittenen Verluste erhalten sollte. Die Souveränität Serbiens wird wiederhergestellt werden, und wir sind, um unseren guten Willen zu beweisen, erbötig, ihm einen der Billigkeit entsprechenden natürlichen Zugang zum Adriatischen Meere und weitgehende wirtschaftliche Zugeständnisse zu garantieren. Österreich-Ungarn wird dagegen als unerlässliche Vorbedingung fordern, dass das Königreich Serbien sich in Zukunft von jeder Gesellschaft oder Vereinigung mit der politischen Tendenz der Zerstückelung der Monarchie losmacht und sie unterdrückt, dass es loyal und mit allen ihm zu Gebote stehenden Mitteln jede derartige politische Agitation in Serbien und außerhalb seiner Grenzen verhindert und dass es dafür unter Garantie der Ententemächte bürgt. – Die jüngsten Ereignisse in Russland nötigen mich …

allerdings nötigen sie ihn, die bolschewistische Revolution wird alle auf der ganzen Welt nötigen!, … *die endgültige Bildung einer gesetzlichen Regierung abzuwarten, ehe ich mich über diesen Punkt äußere. Nachdem ich Dir so meine Gefühle auseinandergesetzt habe, möchte ich Dich bitten, mir zuvörderst die Ansicht Frankreichs und Englands nach Aussprache mit beiden Mächten mitzuteilen, damit auf diese Weise eine Grundlage für offizielle allgemein befriedigende Verhandlungen geschaffen wird. – In der Hoffnung, dass wir so beiderseits den Leiden so vieler Millionen Menschen und so vieler in Trauer und Angst lebender Familien ein Ziel setzen werden, bitte ich dich, an meine lebhafteste brüderliche Zuneigung zu glauben.*

Karl

Er bietet die Rückgabe Elsass-Lothringens, die Wiederherstellung Belgiens an, ohne sich mit seinem Bündnispartner Deutschland verständigt zu haben! Das mag zwar die Möglichkeit für einen Frieden sein, aber es ist Wahnsinn, kompletter Wahnsinn! Du hättest Czernins Gesicht sehen sollen, vornherum „großartige Initiative, Majestät“, und hintenherum lauft er zum deutschen Generalstab und verrät ihn, seinen Kaiser und sein ganzes Land! – Das wird und wird, das kann niemals gut gehen, aber wir haben uns bereit erklärt, Narren, die wir sind, und machen es auch, was soll man tun …"

„Ich werde den Brief dem Präsidenten der französischen Republik in jedem Fall ehestmöglich unterbreiten", entgegnete Sixtus ruhig, „es gibt keine andere Möglichkeit."

„Pardon, mein lieber Xavier, dass ich mir die Bemerkung erlaub, dass ich das beinahe ebenso sehe. – Jedenfalls wird euch der Jakub morgen in der Früh nach Feldkirch zurückfahren, vielleicht, dass es euch gelingt, die Stella in einem Tag zu erreichen, wieder in Begleitung meines Lukas', der für alle Eventualitäten instruiert wird, falls euch das recht ist, damit unterwegs nix passiert."

APRIL

Am Karfreitag des dritten Kriegsjahres betrat Hans Karl um die Sterbestunde Christi den Belvedere-Garten. Er wollte über den Rennweg zum Sacré-Coeur-Lazarett, weil er in Erfahrung gebracht hatte, das dort Franz Hütter, sein Zugführer, lag, dem er und seine Truppe bei der Verschüttung im Karpatenwinter vor zwei Jahren durch dessen unnachgiebigen, übermenschlichen Einsatz sein Leben verdankte.

Die Luft war mild an diesem Nachmittag, Sonnenlicht lag auf den noch immer frisch gesetzten Blumenrabatten, den noch immer frisch geschnittenen Buchen- und Buchsbaumhecken, auf den gewaschenen Sphingen, es spiegelte sich in den zahllosen Fenstern des Schlosses wie eh und je, als sei nichts geschehen. Frühling in Wien. Dort oben war er vor den Thronfolger geladen worden: tot, erschossen, krepiert, elendiglich verreckt wie Millionen Menschen inzwischen, Soldaten, Zivilgesellschaften ganzer Völker, sinnlos in den Tod getrieben und hingeschlachtet von blindwütigen Metzgern. Aber sie hörten nicht auf, sie werden auch am heutigen

Tag ihre Todesbefehle weiter ausgeben, dem Tag, an dem Amerika Deutschland den Krieg erklärt hat. Das war der unwiderrufliche Anfang vom Ende. – Das Ende wovon? Das Ende von Krieg und Zerstörung? Vielleicht dass der Sixtus-Brief des Kaisers irgendetwas … Und wenn nicht, dann die Prolongation des sinnlosen Mordens, bis wirklich alles zerstört war, alle Ordnungen von Gefügen aufgrund althergewachsener Fügungen, ohne die die Welt nicht vorstellbar war? – Fügungen! Waren es wirklich Fügungen, die die Welt, die Europa zu dem gemacht haben, was jetzt erbarmungslos und verblendet zerstört wurde? Hatte sich Europa, dieses Europa mit seinem fast sechzigjährigen Frieden nicht auch in einem Meer von Blut gebildet? Die Napoleonischen Kriege, Königgrätz, Solferino, der Frankreichfeldzug Deutschlands … Von den Vereinigten Staaten Groß-Österreichs hatte Franz Ferdinand da oben geträumt, hinter seinen leuchtenden Fenstern. Und er, Hans Karl Bühl, war wieder an die Front beordert, wieder an die Isonzofront, wo das Schlachten nun schon seit zwei Jahren andauerte und kein Ende nehmen wollte. Sollte er desertieren, um diesem Wahnsinn zu entkommen? Wohin? In die Wälder von Hohenbühl? Zu William

Brod-Spencer nach England, der ihn dazu beschwor, als er ihm den Tod seiner Mutter mitgeteilt hatte? Desertieren zum Feind? Zu welchem Feind? War England Feind, Russland Feind, Italien Feind, Spanien Feind, Portugal Feind, Belgien Feind, Frankreich Feind? Hatten sie alle den Verstand verloren? Gab es wirklich nur diese wenigen, diese einzelnen Rufer in der Wüste der Vernichtung, die es wagten, ihre Stimmen zu erheben, wie die Dichter Romain Rolland und Stefan Zweig es taten? Romain Rolland hatte einen Beethoven-Roman geschrieben, den er gelesen hatte, Stefan Zweig über Marie Antoinette, die Königin von Frankreich und Maria Stuart, die Königin von Schottland … – Ob es nicht besser gewesen wäre, dass der Hütter Franz ihn nicht gerettet hätte damals?

Er hielt die Hand des Fiebernden, bis dieser seine geröteten Lieder aufschlug und ihn zu erkennen versuchte.

„Franz! Franz Hütter! Zugführer Hütter, das ist der Bühl, dein Hauptmann Bühl, den du aus den Karpaten herausgegraben hast!"

„Zu – Be – fehl, – Herr – Hauptmann, – Zug – führer – Hüt – ter – meldet sich – zur – Stelle –"

„Franz, Franz! Es gibt keine Stellung mehr", weinte Hans Karl, beugte sich über den Verwundeten und umarmte ihn.

„Wir hoffen alle, dass er durchkommt, der Hütter Franz."

Hans Karl schloss die Augen ob der Stimme, er wagte nicht aufzusehen.

„Vielleicht könnte ihm sein Hauptmann auch noch den Befehl zum Durchkommen erteilen."

Hans Karl versuchte, seine Tränen an der Schulter des keuchend Atmenden zu trocknen, ehe er sich zu Helene Altenwyl umwandte, die mit blutbefleckter Schürze in ihrer weißen Schwesterntracht hinter ihm stand.

„Helen …"

„Schwester Lena bitte."

„Helen – Schwester Lena, darf ich mit Ihnen sprechen, bitte?"

„Das wär möglich um sechs, da endet heut ausnahmsweise mein Dienst, weil er gestern Abend um sechs angfangen hat. – Aber inzwischen reden Sie bitte unserm Franz Hütter gut zu, oder Sie erteilen ihm einfach den Befehl zum Durchhalten und Gsundwerden, weil das vielleicht die einzige Sprache is, die ihr als Soldaten wirklich versteht's. – Ich such Sie nachher da oder im Hof."

Sie waren schweigend den Rennweg hinunter- und in den Park gegangen, der noch immer im Sonnenlicht lag, aber wärmer war als am Nachmittag, jedenfalls war das Hans Karls Empfindung.

„Helen, ich sollt so viel sagen, so viel erklären …"

„Er soll gar nix erklären, wenn Er's nicht sagen kann."

„Nein, nein, ich drück mich schon wieder elend aus, ich möcht nämlich viel sagen …"

„Er muss nix sagen, wirklich nichts, gar nix. – Schau Er sich die Stiefmutterln da an und die leuchtenden Bosketten dahinter, und die Sphinx da oben, die reden schon genug, wenn man ihnen zuhört."

„Helen, dass ich seit drei Jahr nix von mir hab hören lassen, seit dem zauberhaften Abend in Prag, Sie wissen …?"

„Seit dem ‚zauberhaften' Abend in Prag! Glaubt Er wirklich, dass ich den vergessen hab? – Aber als mir der Hütter Franz gsagt hat, dass man Ihn und seine Leut aus der Verschüttung hat retten können, da war alles gesagt, was mich interessiert hat, und von da an hat Er eh nix mehr von sich hören lassen müssen."

„Helen, da waren zu viele Umstände, in die ich eingebunden war und die mich …"

„… die Sie abgezogen haben von dem, was Ihnen vielleicht einmal ganz nah vor den Augen gstanden ist."

„Wie Sie um das alles weiß …"

„Das zu wissen, ist gar nicht so schwer, wenn man Ihn ein bissl kennt."

„Was, was meint Sie, bitte, Helen, wenn's Ihr irgend möglich wär, das bitte zu sagen …"

„Das kann ich nicht, jetzt noch nicht, aber ein Gedicht kann ich Ihm aufsagen, das in dem Park da spielt und das mir so gut gfallen hat, dass ich es auswendig glernt hab, weil ja das mein Schulweg war und ich sehr viel Zeit da herin verbracht hab. Wenn Er's hören mag, eh nicht das Ganze, nur das, was ich mein –"

„Bitte, Helen, bitte sag Sie's!"

„Das geht so am Schluss:

Also spielen wir Theater,
Spielen unsre eignen Stücke,
Frühgereift und zart und traurig,
Die Komödie unsrer Seele,

Unsres Fühlens Heut und Gestern,
Böser Dinge hübsche Formel,
Glatte Worte, bunte Bilder,
Halbes, heimliches Empfinden,
Agonien, Episoden …

Das Gedicht ist eigentlich ein Prolog."

„Ein Prolog zu was?"

„Zu einem Theaterstück in dem Fall, wo's um die ständig wechselnden Liebschaften eines gewissen Anatol geht, den dann aber alle seine Geliebten am End im Stich lassen. Das Stück ist vom Arthur Schnitzler, und der den Prolog dazu, mit siebzehn Jahrn schon, gschrieben hat, der ist nämlich gleich da ums Eck herum, in der Salesianergassn, aufgwachsen, wie ich mir hab sagen lassen, und heißt von Hofmannsthal."

„Und warum haben den Anatol seine Geliebten im Stich gelassen?"

„Weil er sie nicht halten können hat vor lauter vor ihnen Davonlaufen. Weil er in Wirklichkeit immer nur Angst vor sich selber hat, dass er etwas festhalten könnt, was er gar nicht festhalten möcht."

„Ah! Und warum sagt Sie mir einen Prolog?"

„Vielleicht, weil in einem Prolog immer der Anfang von etwas steckt."

„– Helen, darf ich Sie noch … Ich drück mich schon wieder so elend aus, aber es wär doch vielleicht möglich, dass …"

„Vieles wär vielleicht möglich, wir tun's aber nicht … Er darf mich jetzt in die Herrengassn begleiten, wenn Er mag, ich hab nämlich dem Papa versprochen, zusammen mit ihm das immer so schön illuminierte Karfreitagsgrab in der Michaelerkirchn zu besuchen."

NOVEMBER

Liegen lassen, bitte, liegen lassen. Nie mehr aufstehn. Nie mehr! Liegen lassen, liegen lassen. Hauptmann Bühl, Sie sind mir persönlich dafür verantwortlich, dass der Monte Grappa gehalten wird, um jeden Preis gehalten wird! Zu Befehl, Herr General, halten, um jeden Preis halten. Arme, Schüsse, Beine, Schüsse, Felsen, Schüsse, Dreck, Schüsse, Staub, Schüsse, Geröll, Schüsse, Pferdekadaver, Schüsse, Maultierkadaver, Schüsse, Gestank, Schüsse, Schreie, Schüsse, Schreie, Schüsse, Schreie, Schüsse. Stöhnen, Schüsse, Schreien, Schüsse, Brüllen, Schüsse. Tiergebrüll, Schüsse. Die Erde bebt. Felsen stürzen ein. Schüsse, Schüsse, Schüsse. Galizien, Karpatenschlacht, Isonzoschlacht, Monte Grappa, Asiago, Piave, Livenza, Belluno. General Horsetzki. Zu Befehl, Herr General, halten, um jeden Preis halten. Berge explodieren, zerplatzen. Leiber übereinander. Blutende Rümpfe, aufgerissene Köpfe, weggerissene Köpfe. Gestank. Monte Grappa. Blutende Rümpfe rollen hinunter wie Kartoffelsäcke, wie Kartoffelsäcke. Kartoffeln, Brot, Brot! Die Armee marschiert auf amputierten

Stümpfen, ohne Köpfe. Arme salutieren im stinkenden Morast, Märsche, Radetzky, Hoch- und Deutschmeister. Oh du mein Österreich. Kaiserjäger. Mein teures Vaterland. Unter Donner und Blitz. G'schichten aus dem Wiener Wald. Bei uns z'Haus. Im Krapfenwaldl. Wein, Weib und Gesang. Weana Madln. Badner Madln. Auf der Jagd. Dorfschwalben aus Österreich. Lava-Ströme. Freikugeln. Vergnügungszug. Schnee-Glöckchen. Vergissmeinnicht. Maiblümchen. Herzbleamerl. Edelweiß. Stiefmütterchen. Immergrün. Waldbleameln. Rosen aus dem Süden. Nachtveilchen. Friedenspalmen. Myrtenkränze. Gruß an Wien. Sehnsucht. Tag und Nacht. Lustschwärmer. Elfen. Die Soubrette. Wiener Bonbons. Damenspende. Leichtes Blut. Tausend und eine Nacht. Licht und Schatten. Mailust. Verliebte Augen. Arm in Arm. Frauenherz. Lebensgeister. Fantasiebilder. Herzenslust. Wiener Blut. Brennende Liebe. Musenklänge. Liebesgrüße. Accelerationen. Delirien. Sphärenklänge.

„Kari, Kari! Bitte, lieber, lieber Kari! So mach Er doch bitte seine Augen auf! Bitte! Bitte!“

Während Crescence flehte, war sie damit beschäftigt, Tränen aus ihrem Gesicht in den Ärmel ihrer sandfarbenen Leinenbluse zu wischen, das nasse Spitzentuch hielt sie in ihrer Hand, ihr Bruder sollte, falls er aus seinem neuntägigen bewusstlosen Todeskampf erwachen würde, keine verweinte kleine Schwester vor sich sehen.

„Kari, bitte, bitte! Du flimmerst doch schon ein bissl, das hab ich genau gesehn. Jetzt sei Er gut und mach Er das nicht mehr, unser Spiel von früher, wer am längsten mit geschlossenen Augen durch die Zimmer gehn kann, ohne anzustoßen! Bitte, Kari, bitte!“

Hans Karl öffnete seine Augen: „Der Monte Grappa muss um jeden Preis gehalten werden …“

„Kari!“, mit diesem Jubelschrei umschloss Crescence ihren Bruder, wich aber sofort erschreckt zurück, weil sie ihn nicht verletzen wollte.

„Gar nix muss gehalten werden, gar nix, außer dir, du musst gehalten werden, lieb musst du gehalten werden, nix als lieb! Du bist wieder da! Weißt du, was das heißt? Mein Gott, ist das eine Gnad! Herr im Himmel, ich dank dir so sehr, dass du ihn uns wiedergegeben hast! Wieder geschenkt hast ihn uns. Herrgott im Himmel, auf Knien dank ich dir, auf den richtigen und auf denen von meinem Herzen!“

„Crescence, sag mir bitte …“

„Und ich dank dir, dass du ihn hast mitnehmen lassen, mit herausnehmen aus dieser Hölle da unten in Italien! Wenn er das nicht gewollt hätt, dann hätten sie dich einfach liegen lassen, da unten, in diesem Dreck und Schlamm mit deinem Lungenschuss, durch den du atmen hast müssen, bis dir ein gscheiter Feldarzt in den Brustkorb gestochen hat, damit die Luft herausgeht, ich weiß gar nicht, wie oft er das hat machen müssen, bis ihr heroben wards, und nicht von deiner Trage ist er gewichen, der Dr. Breitfurter aus Absam, bis sie dich in der Mariannengassn ghabt haben, wo er dich dem Professor Löwenstein übergeben hat, der dich operiert hat, du kannst ihn vielleicht erinnern von deiner Lungenentzündung vor zwei Jahr. Und seit gestern bist du da! Du bist wieder da, Kari, Er ist wieder da!“

„Wo, bitte?“

„In Hohenbühl, wo denn sonst, damit Er seine Ruh hat und gsund werden kann. Der Jakub hat Ihn gestern mit dem letzten Tropfen Benzin herausgführt. Jetzt haben wir nur mehr einen Kanister in der Remisn, zum wieder Hinfahrn, sagt der Jakub. Und der Lukas ist auch da, und die Hedi, der ihr Mann auch falln hat müssen, und die Franzi und die Jadwiga. Und alle freun sich so sehr, dass du wieder da bist. Und der Krieg ist auch aus, Gott sei Dank!"

„Der Krieg …?"

„… is aus!"

„Aus …"

„Aus."

„Ich dank dir, Crescence, für alles …"

„Mir brauchst du wirklich nicht –"

Hans Karl war eingeschlafen, sein Atem ging ruhiger als zuvor und das Flimmern auf seinen Lidern hörte auf.

An diesem Morgen hatte Lukas seinen Herren später als gewöhnlich gewaschen, rasiert, später als gewöhnlich nach dessen Narbe im rechten Brustkorb gesehen, diese weiterhin unentzündet vorgefunden, mit schottischem Whisky aus der letzten Flasche abgetupft, ihn mit einem frischen Flanellnachthemd versehen und zum Bett geführt, das Jadwiga mit neuer Wäsche bezogen hatte.

„Danke, Lukas, aber ich möcht noch ein bissl heraußen bleiben.“ Lukas half ihm in seinen Morgenmantel.

„Wenn ich mir erlauben darf, ich fürchte, dass Erlaucht von heute an mit dem Darjeeling zum Honigbrot vorlieb nehmen müssen, weil uns der Earl Grey ausgegangen ist. Dann hätten wir noch Minztee, Zitronenmelisse und Kräuter, die Frau Hedi den ganzen Sommer über gesammelt und getrocknet hat.

„Danke, Lukas, ein Darjeeling wird sehr gut sein.“

Hans Karl trat ans Fenster, an das Fenster, von dem aus er Zeuge des Sommerfestes vor fast dreißig Jahren wurde, am letzten Tag, bevor er in die Stella musste und Crescence in einem Walzer mit ihrem Vogelpfeiferl die Schwalben gab, dann am Tag ihrer Hochzeit, als er seinen Vater Erwein Arnstein ohrfeigen sah, und so viele Nächte davor und dazwischen und danach, als seine Mutter zu ihrer Diana wanderte und in den Mondteich stieg. Kaum dass er die Göttin durch den Nebel zu erkennen vermochte, nur eine Silhouette, die sich nach ihrem Gewand umwandte, um sich vor den indiskreten Blicken ihres Verfolgers zu schützen.

Lukas ließ das Tablett fast unhörbar auf dem zerbrechlichen Louis-Seize-Schreibtisch in der zweiten Fensterdickung nieder, eine Zeitung lag neben der silbernen Teekanne.

Hans Karl bedankte sich, ohne sich nach ihm umzudrehen.

„Pardon, Erlaucht, wenn ich mir erlauben dürfte, Erlaucht etwas zur Kenntnis zu bringen, was den gestrigen Abend spät eingetroffen ist, eine Extraausgabe der ‚Wiener Zeitung', deren Meldung für Euer Erlaucht vielleicht von Interesse sein könnte."

„Die da?"

„Nein, Euer Erlaucht, das ist die ‚Neue Freie Presse' vom achtundzwanzigsten Oktober, da waren Erlaucht noch in Italien, die ich mir aber deshalb erlaubt habe, für Euer Erlaucht aufzubewahren, weil ein gewisser Stefan Zweig darin eine Friedensbotschaft versendet und mir bekannt ist, dass Erlaucht diesen Dichter schätzen."

„Danke, Lukas, sehr aufmerksam, ich werd das dann gern anschaun. – Und die Extraausgabe?"

„Euer Erlaucht sollten nicht so lang stehen, hat uns der Herr Professor Löwenstein mit auf den Weg geben."

Hans Karl setzte sich.

„Bitte, Lukas, möcht Er so gut sein, mir das vorzulesen, weil, ich bin noch nicht so gut mit dem Lesen. An dem andern da, dem vom Stefan Zweig, da werd ich das Lesen dann wieder üben, das muss ja auch nicht ein jeder hörn."

„Sehr wohl, Euer Erlaucht:

Wien, den 11. November 1918

Der Kaiser hat folgende Kundgebung erlassen:

Seit Meiner Thronbesteigung war Ich unablässig bemüht, Meine Völker aus den Schrecknissen des Krieges herauszuführen, an dessen Ausbruch Ich keinerlei Schuld trage.

Ich habe nicht gezögert, das verfassungsmäßige Leben wieder herzustellen, und habe den Völkern den Weg zu ihrer selbstständigen staatlichen Entwicklung eröffnet.

Nach wie vor von unwandelbarer Liebe für alle Meine Völker erfüllt, will Ich ihrer freien Entfaltung Meine Person nicht als Hindernis entgegenstellen.

Im voraus erkenne Ich die Entscheidung an, die Deutschösterreich über seine künftige Staatsform trifft.

Das Volk hat durch seine Vertreter die Regierung übernommen. Ich verzichte auf jeden Anteil an den Staatsgeschäften.

Gleichzeitig enthebe Ich meine österreichische Regierung ihres Amtes. Möge das Volk von Deutschösterreich in Eintracht und Versöhnlichkeit die Neuordnung schaffen und befestigen. Das Glück Meiner Völker war von Anbeginn das Ziel Meiner heißesten Wünsche.

Nur der innere Friede kann die Wunden dieses Krieges heilen.

Lammasch m.p. *Karl m.p.*

Die Kaiserliche Familie wird noch heute das Schloss Schönbrunn verlassen und nach Schloss Eckartsau im Marchfeld übersiedeln.“

Es war so still, dass die beiden Männer ein Eichhörnchen über den Außensims laufen hörten, ehe Krähen zu rufen begannen, laut, immer lauter, als verhöhnten sie die soeben stockend verlesene Nachricht. Hans Karl konnte nichts denken, nichts sagen, er musste einem Schubert-Lied zuhören, das da plötzlich und ungerufen ganz deutlich in ihm erklang:

Krähe, wunderliches Tier,
Willst mich nicht verlassen?
Meinst wohl, bald als Beute hier
Meinen Leib zu fassen?

„Danke, Lukas, danke. Ich darf Sie dann vielleicht später wieder zu mir bemühn."

„Euer Erlaucht …" Der Diener verbeugte sich tief und verließ unter Krähengekrächz kaum hörbar den Raum.

Da war es, das Ende. Das Ende wovon? Von sechshundertvierzig Jahren Geschichte, Habsburgergeschichte? Österreichs Geschichte? Untrennbar verbunden?

Innig bleibt mit Habsburg Throne
Österreichs Geschick vereint.

Jetzt nicht mehr. Seit gestern nicht mehr. 1278 besiegt Rudolf von Habsburg König Ottokar von Böhmen auf dem Marchfeld, Ottokar fällt in der Schlacht. Die sechshundertvierzig Jahre brechen an, seit gestern sind sie zu Ende. Und der Kaiser, Karl? Verspottet, als Verräter beschimpft, so wie es Xavier vorausgesagt hatte. Der letzte österreichische Kaiser wird aus Wien verjagt, muss Schönbrunn verlassen, er kehrt ins Marchfeld zurück, dorthin, wo der erste durch eine Schlacht seine Macht besiegelte, eine Macht, die mehr als ein halbes Jahrtausend fast ganz Europa beherrschte. Zu Ende. Zu Ende.

Das Glück, im Dienst dieser Macht dreimal dem Tod entronnen zu sein, macht Hans Karl so sehr schwindeln, dass er nach Lukas läuten muss.

„Wenigstens wir von der Theresianischen Militärakademie haben versucht, die Kaiserliche Familie zu schützen“, ergreift jetzt Stanislaus Freudenberg das Wort, „von Wiener Neustadt sind wir hin nach Schönbrunn, wie wir ghört haben, dass die Garden einfach davonglaufen sind, einfach im Stich lassen haben s' ihren Kaiser diese Hundsfottn, diese feigen! So was macht man doch nicht, man hat doch eine Tenue! Du kannst dir nämlich gar nicht vorstellen, Onkel Kari, wie's da jetzt in Wien zugeht. Es ist Revolution! Dass ich das erleben darf, oder vielmehr, dass ich das erleben muss! Aber wir werden das schon durchstehn, Onkel Kari, kannst dich ganz auf mich verlassen, Noblesse oblige!“

Hans Karl schweigt, mit einer kleinen Handbewegung versucht seine Schwester den Redeschwall ihres Sohnes zu beenden.

„Pardon, liebe Mamu, aber das muss Sie mich jetzt schon dem Onkel Kari zu End rapportieren lassen, grad Sie, die Sie eine so fabelhafte Tenue bewahrt angesichts dieser marodierenden Horden, die da durch die Stadt ziehn und plündern wie die Schweden im Dreißigjährigen Krieg …“

„Pardon, dass ich dich unterbrechen muss, aber das sind keine marodierenden Horden, mein lieber Bub, wenn du erlaubst, das sind arme Leut, die am Verhungern sind, brave Soldaten, Verwundete, Verletzte, vor Angst am ganzen Leib Zitternde, die vor Hunger fast sterben, die nicht wissen, wo sie hin sollen, weil man sie nimmer braucht, ausgespien worden sind sie, Pardon, und jetzt irren sie durch die Stadt und wissen nicht aus noch ein, und schon gar nicht, wohin."

Hans Karl nickt und schweigt.

„Wir tun halt, was du uns aufgetragen hast, so gut wir das eben können, wir teilen, nicht grad unser letztes Stückl Brot, aber eine Ausspeisung machen wir jeden Tag am Hof, fast der ganze Platz ist voll jeden Vormittag, aber die Leut stelln sich brav an um unsere Suppn oder was wir halt an dem Tag grad zusammenbringen, und deshalb lassen sie uns auch in Ruh, sie ziehn ab und sind am nächsten Morgen wieder da, man könnt fast das Gfühl bekommen, dass sie uns beschützen deswegen. Und das ganze Haus, oder was halt davon noch übrig ist, macht brav mit, der Jakub und die Fina und die Berta und der Severin, die Lillibeth und die Schuscha und der alte Pavel, sogar dein Sekretär, der Neugebauer, hilft mit, und die Maria sowieso, weil die ja zum Kochen, man sollt schon fast sagen, zum Zaubern anfangt alle Morgen. – Kari, und du magst gar nix sagen, gar nix, kein Wörterl?"

Hans Karl schweigt.

„Weißt, wir sind nämlich nicht nur um Nachschub heraußen, wir sind glücklich, dass wir dich sehen können, und immer besser beieinander."

„Ja, wirklich, Onkel Kari, wie die Mamu sagt, immer besser beieinander und bald schon wieder ganz beisammen, du wirst sehen", versuchte Stanislaus zu bekräftigen.

„Dank euch sehr für die Geduld, die ihr mit mir habt, aber ich kann noch nix sagen, und ich möcht auch noch nix reden, wenn ihr erlaubt. Aber das alles wird schon wieder kommen, mit der Zeit."

Hans Karl klingelte nach Lukas, der nach wenigen Sekunden lautlos im Raum stand.

„Aber ich möcht euch etwas zur Kenntnis bringen, etwas Schönes, etwas, das jetzt ganz in meinen Gedanken is und vielleicht ein bissl von dem ausdrückt, wie mir grad zumut ist. – Sei Er doch bitte so gut, Lukas, und lies Er uns das von dem Stefan Zweig vor, das Er so freundlich war, für mich aufzuheben."

„Erlaucht, ich ..."

„Jetzt sei Er doch bitte so gut, Lukas, mir wär's vielleicht noch ein bissl anstrengend, und da hätt man auch nicht viel von meiner Leserei."

„Sehr wohl, Erlaucht.

Ein Bote war aus der Stadt gekommen, schon von ferne schwang er das weiße Zeitungsblatt uns zu wie einen Gruß und noch, ehe wir sie wussten, spürte ein Ahnen, diese Botschaft sei gut. Ein paar Menschen traten zusammen, einer las es den anderen vor, daß für Tage zumindest und wohl für immer das Töten zu Ende sein werde, und tief, voll, tönend sprach einer es aus, das Wort: ‚Das ist der Friede.' Und die anderen wiederholten es und sagten es wieder und wieder: ‚Das ist der Friede', und alle glaubten wir es und sprachen und sprachen, Fremde zu Fremden, mitsammen wie von einem Geschick. Der Bote war weitergelaufen ins Dorf: wie ein weißer Falter schwang sich das Blatt ihm wirbelnd immer wieder um das Haupt. Und dann wieder rastete der Falter, der weiße, bei anderen Menschen dort und von fern, ohne es zu hören, hörte man's von innen, wie auch diese sagten: ‚Das ist der Friede.'

Man ging weiter ein paar Schritte, dachte und sprach zueinander, es war gut daran zu denken, es war gut, davon zu sprechen, aber plötzlich doch blieb ich stehen und fragte in mich selbst: ‚Warum freust du dich nicht mehr? Warum glühst du nicht in zitterndem Dank? Wie kannst du so gemächlich sein, so ru-

hig, so gelassen, so gefaßt, hast du nicht das Wort gelesen, hast du den Sinn nicht gefasst: Es wird Friede?‘ Immer tiefer bog ich mich in mich selbst hinein, lauschend dem neuen Gefühl, lauschend, ob es nicht aufrauschen wollte, schluchzend, selig, warm aufstürzend und dem Worte entgegen: Friede!

Mir war, als ob ich alt wäre, uralt, so voll Scham war ich, ohne Freude zu sein in dieser Stunde, an diesem Tag. Und ich hatte Furcht vor den Menschen, heute mit ihnen zu sein mit dunkler Seele, müde und verblüht. Draußen aber stand einer, der war mir nah: an des Dorfes Ende, hinter den Häusern wartend, still und leise, stand er, der Herbst. Rot und gelb hatte er den Wald gerundet wie ein Tor, in das man einging mit leisen Gedanken, Wolken flogen einem voraus, wenn man hügelan schritt, und schon war man, nach wenig Zeit, mit ihm ganz allein.

Ist nicht Herbst die Jahrzeit ohne Leidenschaft, weise und unjung, die Zeit ohne Streit, wo selbst Dunkel und Licht sacht ineinanderglühen und die Nebel alles Harte abstreifen zwischen Ding und Ding?

Möchten die Herrschaften weiterhören?“, unterbrach sich Lukas, als Stanislaus Freudenberg nervös aufgestanden und zwischen die spalierten Mauern des regenübertränten Fensters getreten war.

„Aber sicher, Lukas, bitte, Er macht das fabelhaft! Bitte les Er zu Ende, les Er sie uns zu Ende, diese ‚Friedensbotschaft im Herbst'!"

„Schon fühlte ich ihn, den Frieden, im ersten Anhauch des Herbstes. Und eine Frau kam, schweren Ganges, schweren Leibes, zwei Knaben an der Hand. Ich sah sie an, sie beugte sich ein wenig beschämt über den Weg, aber doch, auch sie lächelte leise. Und ich dachte: ‚Wie froh musst du sein, fremde Frau, es wird ja Friede! Die Knaben an deiner Hand, sie werden wachsen, und du kannst sie lassen, sorglos und leicht, es ist kein junger Tod dann über den Männern mehr, und keine Maschinen, die sie morden. Und dein Kind, gib es froh in die Welt, nicht fällt der Schatten des Mordes mehr über die Wiege, lächle nur, lächle nur, junge Frau, es wird Friede auf Erden.'

Der Wald, der kleine, war zu Ende. Auf tat sich ein Hang. Und die Reben standen dort, niedersteigend in roten Terrassen bis hinab an den See und die Sonne floss warm über sie. Dazwischen mühten sich Männer und Frauen, war es doch Lesezeit und im hohen Bottich drängte sich traubig die rötliche Fülle. Und ich dachte: ‚Bis dies als Wein glüht, durchsichtig und golden, ist Friede in der Welt. Und die Menschen werden ihn als Freude in ihr Glas gießen, als Glanz wird es in ihren Blicken sintern, und sie werden lachen und erzählen wie einst. Wann war Wein süßer als dieser, wann glühte er reiner als dieser Kelch ohne Blut?‘

Glocken klangen her, und ich sah die Dörfer unter ihnen mit den Blumen vor den Fenstern, hörte die heiteren Hämmer der Arbeit und das Blöken des Viehs in den Ställen, die guten Geräusche geordneten Lebens, den stillen, gemächlichen Rhythmus des Friedens. Wo ich blickte, war freundliche Mahnung, jeder Baum, jeder Mensch mir ein Gruß, und ich ging immer tiefer hinein in den gesegneten Herbst, in diesen ersten seit fünf Jahren, wo mein Herz wieder die Welt hörte ohne Grauen und sich hingab dem großen göttlichen Gefühl des Lebens.“

FEBRUAR

„*Sie wollen von mir –*“, hatte er Helene nach dieser konfusen Soirée, die er schon fluchtartig verlassen hatte, nach seiner Rückkehr im Vestibül von ihr gestellt, gefragt.

„*Ich verstehe, was Sie fortgetrieben hat, und was Sie wieder zurückgebracht hat. Was Sie hinausgetrieben hat, das war Ihr Misstrauen, Ihre Furcht vor Ihrem eigenen Selbst. Vor Ihrem eigentlichen tieferen Willen. Der hat Sie eben hierher zurückgeführt.*“

Hans Karl konnte sie kaum verstehen, der sirrende Ton, der ihn seit der Karpatenverschüttung mehr und mehr heimsuchte, war wieder da, und seit der Monte-Grappa-Schlacht stiegen jetzt immer häufiger ganz plötzlich Tränen in ihm auf, derer er sich nicht erwehren konnte.

„*Sie hören mich ganz gut. Und da sind auch Tränen – aber die helfen mir eher, um das zu sagen –*“

„*Du – Sie haben etwas gesagt?*“

„*Dein Wille, dein Selbst; versteh mich! Er hat dich umgedreht, wie du allein warst, und hat dich zu mir zurückgeführt. Und jetzt –*“

„*Jetzt?*“

„Jetzt weiß ich zwar nicht, ob du jemand wahrhaft liebhaben kannst – aber ich bin in dich verliebt, und ich will –“

„Sie wollen von mir –“

„Von deinem Leben, von deiner Seele, von allem – meinen Teil! – Du kannst freilich die Freundschaft nicht fassen, die ich für dich hab. Dazu wird eine lange Zeit nötig sein – wenn du mir die geben kannst. – Jetzt geh, damit dich niemand sieht. Und komm bald wieder. Komm morgen, am frühen Nachmittag. Die Leut gehts nichts an, aber der Papa solls schnell wissen. – Der Papa solls wissen, – der schon!“

Die Kälte, die Hans Karl vor dem Palais umkrallte, raubte ihm den Atem, stach aber, als er nach Luft schnappte, wie ein Bajonett in seine Lunge, sodass er Nase, Mund und Ohren doppelt mit seinem Schal umwickelte, um nicht vor Schmerz aufschreien zu müssen. Trotzdem nahm er nicht den kurzen Weg durch die Fahnengasse und den Haarhof zum Hof, er streifte die Glacéhandschuhe über, vergrub die Hände in seinem pelzgefütterten Mantel und ging die Herrengasse hinunter, von wo ein ferner Gesang auszumachen war, der sich über die Nacht zu legen schien und wie eine Welle durch die Augustinerstraße brandete.

Heer der Sklaven, wache auf!
Ein Nichts zu sein, tragt es nicht länger,
Alles zu werden, strömt zuhauf!

Er lief zu dem Marmorbecken unter der Seitenkuppel des Michaelertraktes, versuchte, im Schutz der gigantischen Figurengruppe aus gestürzten Titanen und Drachen unsichtbar zu werden, um von einer vorbeimarschierenden Hundertschaft zerlumpter Männer und Frauen nicht entdeckt zu werden.

Völker hört die Signale!
Auf zum letzten Gefecht!
Die Internationale
erkämpft das Menschenrecht!

Er hatte sich versteckt, er, Hans Karl Bühl hatte sich in einem leeren Brunnen mit dem Namen „Die Macht zu Lande" versteckt, weil er so etwas wie Angst verspürte, Angst vor diesen abgemagerten, hungernden, frierenden Menschen, die da mit dampfendem Atem an ihm vorbeizogen, Angst, die ihm im Feld vor den schwerbewaffneten, zum Töten abgerichteten Soldaten der feindlichen Heere unbekannt geblieben war.

Es rettet uns kein höh'res Wesen,
kein Gott, kein Kaiser noch Tribun.
Uns aus dem Elend zu erlösen,
können wir nur selber tun.

War es, dass er die Wahrheit ihrer Worte zutiefst zu begreifen begann? Es rettet sie eben kein Gott, kein Kaiser noch Tribun. Sich aus dem Elend zu erlösen, das können sie nur selber tun. Und vor dieser ersehnten Selbsterlösung aus dem Elend hatte er Angst? Warum? Was hatte seine Gesellschaft, seine Kaste, denn getan für all die Johanns und Fränze und Severins und Lukas' und Wenzels, für all die Malis und Marias und Helis und Annas und Lenas, für all die Lakaien, Diener, Kutscher, Chauffeure, Zofen, Kammerfrauen, Köchinnen, Mägde, Gärtner, Bauern, Meier, Weber, Ziegeleisklaven, Rüstungsarbeiter und schließlich für die Millionen von Soldaten, die sie sehenden Auges in den Tod geschickt hat, mitleidlos in einen grauenvollen Tod getrieben, erbarmungslos dem grausamsten Schlachten ausgeliefert. Für was? Für wen? Und kein Gott, kein Kaiser hat sie davor bewahrt, oder gar gerettet, und mit ihm seine ganze herrschende Klasse nicht.

Plötzlich waren vom Heldenplatz her „Heil! Heil!"-Rufe zu hören: „Heil Deutschösterreich! Heil Deutschösterreich!" Sie kamen näher, schwollen an, wuchsen unter der Michaelerkuppel zu einem hallenden Gegröhl, das den Marschgesang in sich aufsog und vertilgte. Menschen stürzten in panischer Angst durch die Herrengasse, verfolgt, gejagt von den bewaffneten Horden der Heil schreienden „Heimwehr", Schüsse krachten in die Nacht, Haustore wurden blindwütig eingetreten, Scheiben splitterten. „Heil! Heil! Heil Deutschösterreich! Heil!"

Hans Karl verließ sein Versteck, als sich das Toben gegen die Schottengasse hin in der klirrenden Nacht verlor. Er stand allein auf dem kreisrunden Michaelerplatz vor der schwarzen Hofburg und kam sich unsagbar lächerlich vor in seinen Lackpumps, seinem Frack, seinem nerzgefütterten Mantel, dem weißen Seidenschal ums Gesicht und dem Zylinder auf dem Kopf. Ein vermummter, trauriger Zirkusclown, um Atem ringend, um seinen Lebensatem japsend.

Ich will von deinem Leben, von deiner Seele, von allem – meinen Teil!

Was denn hatte er noch zu teilen, er, ein kriegsversehrter, vierzigjähriger Mann, krank, dem Leben abhanden gekommen, mit dieser wundervollen, außergewöhnlichen Frau, die fünfzehn Jahre jünger war als er?

Bei der Pestsäule nahm er galoppierende Pferde wahr, die sich dem Graben näherten. Zwei Lipizzaner, vor ein Kohlenfuhrwerk gespannt, stürmten unter Peitschenhieben an ihm vorbei gegen die Tuchlauben.

Mit vorsichtig gesetzten Schritten tastete er sich durch die Dunkelheit via Bräunerstraße in die Stallburggasse. Schlaf wollte er dort finden. Morgen, am frühen Nachmittag, würde er dann Leopold von Altenwyl seine Aufwartung machen, um der Form Genüge zu tun und ihn um die Hand seiner Tochter zu bitten.

ANHANG

PERSONEN

JOHANN BÜHL
LEONORE BÜHL
HANS KARL, deren Sohn
CRESCENCE, deren Tochter
FRANZ STEPHAN FREUDENBERG,
Ehemann von Crescence
STANI, deren Sohn
LEOPOLD ALTENWYL
HELENE ALTENWYL
HELENE, deren Tochter
ADAM HECHINGEN
ANTOINETTE, seine Frau
ERWEIN ARNSTEIN
WALBURGA TODESCO
WILLIAM BROD-SPENCER
THEOPHIL NEUHOFF
AGATHE, Kammerjungfer
LUKAS, erster Diener bei Hans Karl
WENZEL, erster Diener bei Altenwyl

Alle anderen Personen sind historische Personen, die in der Chronologie und im Roman mit ihren eigenen Biografien und Lebensdaten aufscheinen.

CHRONOLOGIE

1889

Bau des Michaelertraktes der Hofburg (begonnen 1730 von Fischer von Erlach), 1893 abgeschlossen. Bau des Grillparzer-Denkmals im Volksgarten, Architekt Carl Hasenauer, Figuren Carl Kundmann, Reliefs Rudolf Weyr
Bertha von Suttner veröffentlicht „Die Waffen nieder".
30. Januar Kronprinz Rudolf von Österreich, geb. 1858, erschießt seine von ihm schwangere 16-jährige Geliebte Mary Vestera und sich selbst im Jagdschloss Mayerling nahe dem Stift Heiligenkreuz.

1890

1. Mai Aufmarsch der Sozialdemokratischen Partei mit erster Maifeier der Arbeiter Wiens
19. Dezember 43 Vororte Wiens werden der Stadt Wien eingemeindet, die Zahl der Einwohner steigt damit von 525.000 auf 1.365.000.

1894

4. Januar Architekt Carl Freiherr von Hasenauer, geb. 1833, stirbt in Wien. U. a. Burgtheater, beide Hofmuseen, Hermesvilla, Denkmal der Maria Theresia

März Der Linienwall wird demoliert, es entsteht die breit angelegte Gürtelstraße.

1898

10. September Der italienische Anarchist Luigi Lucheni ersticht Kaiserin Elisabeth von Österreich, „Sisi", geb. 1837, in Genf mit einer Feile.

1899

3. Juni Johann Strauss (Sohn), geb. 1825, stirbt in Wien. Werke u.a. Die Fledermaus, An der schönen blauen Donau, Kaiserwalzer, Rosen aus dem Süden etc. etc.

Dezember Im Deuticke Verlag erscheint „Die Traumdeutung" von Sigmund Freud.

1906

Juni Der Hochstrahlbrunnen in Wien wird beleuchtet.

November Franz Freiherr Conrad von Hötzendorf, 1852–1925, wird auf Betreiben des Thronfolgers Erzherzog Franz Ferdinand zum Chef des k.u.k. Generalstabs ernannt. Er wird nach dessen Ermordung in Sarajewo Österreich in den Angriffskrieg gegen Serbien treiben, was den Ersten Weltkrieg auslöst.

1907

26. Januar Einführung des allgemeinen, geheimen, gleichen und direkten Wahlrechts in Österreich, gilt nicht für Frauen.

14.–24. Mai Erste allgemeine Wahlen in Österreich. Das Abgeordnetenhaus hat 516 Sitze. Ergebnis: 233 Österreicher, 107 Tschechen, 82 Polen, 33 Ruthenen (Ukrainer), 24 Slowenen, 19 Italiener, 13 Kroaten, 5 Rumänen.

September Adolf Hitler wird an der Akademie der bildenden Künste abgelehnt.

22. September Gustav Mahler, 1860–1911, Hofoperndirektor, Dirigent und Komponist, dirigiert zum letzten Mal an der Hofoper „Die Hochzeit des Figaro" von W. A. Mozart, ehe er aufgrund antisemitischer Intrigen nach New York wechselt.

1910

10. März Dr. Karl Lueger, geb.1844, Antisemit und langjähriger Bürgermeister von Wien, stirbt. Leistungen: Hochquellenwasserleitung, Ausbau und Eingliederung der Straßenbahnen, des Gas- und E-Werks in die städtische Verwaltung, Gründung der Zentralsparkasse, des „Versorgungshauses" in Lainz, der Heil- und Pflegeanstalt am Steinhof, vieler Schulen, Waisenhäuser, Volksbäder, Parkanlagen. Gesetzesmäßige Festlegung des Wald- und Wiesengürtels um Wien, der noch heute gilt.

1911

8. April Österreichische Erstaufführung des „Rosenkavalier", Libretto Hugo von Hofmannsthal, Musik Richard Strauß, an der Wiener Hofoper, Bühne und Regie Alfred Roller, Dirigent Franz Schalk

18. Mai Gustav Mahler, geb. 1860 im böhmischen Kalischt, stirbt nach einem Aufenthalt in Amerika in der Wiener Poliklinik.

17. September Demonstrationen gegen die rasant ansteigende Verteuerung von Lebensmitteln vor dem Wiener Rathaus. Die „Deutschmeister" stellen mit Gewalt die Ruhe wieder her.

21. Oktober Hochzeit von Erzherzog Karl Franz Joseph von Österreich, 1887–1922, dem designierten Thronfolger nach Franz Ferdinand, mit Prinzessin Zita von Bourbon-Parma, 1892–1989, auf Schloss Schwarzau in Niederösterreich

1913

25. Mai Oberst Alfred Redl, geb. 1864, Leiter des Nachrichtendienstes der k.u.k. Armee, erschießt sich wegen Spionageenttarnung im Hotel Klomser in der Herrengasse in Wien. Er verriet gegen enorme Summen alle geheimen Aufmarschpläne der k.u.k Armee an Russland, was für Österreich einen katastrophalen Kriegsverlauf zur Folge hatte.

1914

28. Juni Erzherzog Franz Ferdinand, geb. 1863, der Thronfolger Österreichs, und seine Frau Sophie, geb. 1868, werden in Sarajewo von Gavrilo Princip, einem Mitglied der separatistischen serbischen Geheimorganisation „Schwarze Hand", erschossen.

23. Juli Kriegsultimatum an Serbien, befristet bis 25. Juli

25. Juli Mobilisierung Serbiens, Teilmobilisierung Österreichs

28. Juli Die k.u.k. Monarchie erklärt Serbien den Krieg.

31. Juli Gesamtmobilisierungen von Österreich-Ungarn und Russland

1. August Deutschland erklärt Russland den Krieg.

3. August Deutschland erklärt Frankreich den Krieg, erklärt Belgien wegen Durchzugsverweigerung den Krieg.

4. August England erklärt Deutschland den Krieg.

5. August Montenegro erklärt Österreich-Ungarn den Krieg.

6. August Österreich-Ungarn erklärt Russland den Krieg.

11. August Frankreich erklärt Österreich-Ungarn den Krieg.

12. August England erklärt Österreich-Ungarn den Krieg.

23. August Japan erklärt Deutschland den Krieg, Österreich-Ungarn erklärt Japan den Krieg.

28. August Österreich-Ungarn erklärt Belgien den Krieg.

5.–12. September Marneschlacht

5. November England erklärt der Türkei den Krieg.
6. November Frankreich erklärt der Türkei den Krieg.

1915

Januar–April Winterschlacht in den Karpaten
März Fall der Festung Przemyśl
April Osterschlacht in den Karpaten
Mai Italien kündigt den Dreibundvertrag auf (Mittelmächte) und schlägt sich auf die Seite der Entente.
23. Mai Italien erklärt Österreich-Ungarn den Krieg.
Juni–August Erste und zweite Isonzoschlacht
Oktober Italienische Offensive am Gardasee
Oktober–Dezember Dritte und vierte Isonzoschlacht

1916

Februar Der deutsche Großangriff auf Verdun beginnt.
März Deutschland erklärt Portugal den Krieg, fünfte Isonzoschlacht.
Mai K.u.k-Offensive in Südtirol, der Dolomitenkrieg beginnt.
August Sechste Isonzoschlacht, Italien erklärt Deutschland den Krieg, Rumänien erklärt Österreich den Krieg, Deutschland und die Türkei erklären Rumänien den Krieg.
September Schlacht in den Karpaten, siebte Isonzoschlacht

Oktober, November Achte und neunte Isonzoschlacht
21. November Kaiser Franz Joseph I., geb. 1830, stirbt im Schloss Schönbrunn.
2. Dezember Thronfolger Erzherzog Karl Franz Joseph, seit 21. November Kaiser Karl I., übernimmt den Oberbefehl über die k.u.k Armee.

1917

Februar Kaiser Karl enthebt Feldmarschall Franz Conrad von Hötzendorf seines Amtes als Generalstabschef, überträgt ihm aber den Oberbefehl über die Heeresgruppe Südtirol. Erklärung des uneingeschränkten U-Boot-Krieges Deutschlands
März Revolution in Russland, Sturz des Zaren Nikolaus II. Kaiser Karl beauftragt seine Schwäger, die Prinzen Sixtus, 1886–1934, und Xavier, 1889–1977, von Bourbon-Parma, mit Geheimverhandlungen für einen Separatfrieden mit Frankreich und den Ententemächten, ohne Deutschland, indem er Sixtus in einem Brief die Annahme der französischen Bedingungen bestätigt. Die Aktion wird verraten und schlägt fehl.
6. April Amerika erklärt Deutschland aufgrund des uneingeschränkten U-Boot-Krieges den Krieg.
Mai, Juni Zehnte Isonzoschlacht
August–Dezember Elfte und zwölfte Isonzoschlacht
November K.u.k.-Offensive in Südtirol bis zur Piave.

Die Gebirgsregion des Monte-Grappa wird zur zentralen Front. Diese wird unter unvorstellbaren Verlusten bis zum endgültigen Zusammenbruch zu halten versucht.
7. Dezember Die Vereinigten Staaten von Amerika erklären Österreich-Ungarn den Krieg.

1918

Januar Arbeiterstreiks in Wien und anderen Industriestädten Österreichs mit der Forderung, den Krieg zu beenden
Juli Kaiser Karl entlässt Feldmarschall Franz Conrad von Hötzendorf wegen der scheiternden Dolomiten- und Monte-Grappa-Offensive.
September Schwerste Kämpfe um die Monte Grappa-Region
26. September Proklamation eines selbstständigen tschechoslowakischen Staates
26. Oktober Rückzug der gesamten deutschen Truppen an der Westfront. Kaiser Karl beendet durch ein Telegramm an Kaiser Wilhelm II. das Bündnis mit Deutschland.
31. Oktober Die erste deutsch-österreichische Regierung unter dem Vorsitz des Sozialdemokraten Karl Renner konstituiert sich. Hunderttausende demonstrieren gegen die Staatsform der Monarchie.
3. November Unterzeichnung des Waffenstillstands zwischen Österreich-Ungarn und den Ententemächten in der Villa Giusti bei Padua.

Die „Kommunistische Partei Deutschösterreichs“ wird gegründet.

9. November Kaiser Wilhelm II. dankt ab, am nächsten Tag verlässt er Deutschland.

11. November Kaiser Karl entlässt seine letzte Regierung, unterzeichnet die Verzichtserklärung auf alle Regierungsgeschäfte und verlässt mit seiner Familie Schloss Schönbrunn. Er bezieht ein vorübergehendes Quartier in Schloss Eckartsau im Marchfeld, ehe er nach zwei missglückten Restaurationsversuchen in Ungarn, die er von der Schweiz aus unternimmt, nach Funchal auf Madeira verbannt wird, wo er am 1. April 1922 stirbt.

1919

3. April Die österreichische Nationalversammlung beschließt per Gesetz die Landesverweisung und Enteignung des Hauses Habsburg-Lothringen sowie die Abschaffung des österreichischen Adels und aller seiner Titel.

HABSBURGERGESETZ

Gesetz vom 3. April 1919, betreffend die Landesverweisung und Übernahme des Vermögens des Hauses Habsburg-Lothringen

I. Abschnitt

§ 1 Z 1 Alle Herrscherrechte und sonstige Vorrechte des Hauses Habsburg-Lothringen sowie aller Mitglieder dieses Hauses sind in Deutschösterreich für immerwährende Zeiten aufgehoben.

Z 2 Verträge über den Anfall von Herrscherrechten über das Gebiet der Republik Deutschösterreich sind ungültig.

§ 2 Im Interesse der Sicherheit der Republik werden der ehemalige Träger der Krone und die sonstigen Mitglieder des Hauses Habsburg-Lothringen, diese, soweit sie nicht auf ihre Mitgliedschaft zu diesem Hause und auf alle aus ihr gefolgerten Herrschaftsansprüche ausdrücklich verzichtet und sich als getreue Staatsbürger der Republik bekannt haben, des Landes verwiesen. Die Festsetzung, ob diese Erklärung als ausreichend zu erkennen sei, steht der Staatsregierung im Einvernehmen mit dem Hauptausschuss der Nationalversammlung zu.

II. Abschnitt

§ 5 Die Republik Deutschösterreich ist Eigentümerin des gesamten in ihrem Staatsgebiet befindlichen beweglichen und unbeweglichen hofäraischen sowie des für das frühe regierende Haus oder für eine Zweiglinie desselben gebundenen Vermögens.

§ 6 Als hofärarisches Vermögen gilt das bisher von den Hofstäben und deren Ämtern verwaltete Vermögen, soweit es nicht ein für das früher regierende Haus oder für eine Zweiglinie desselben gebundenes Vermögen oder aber nachweisbar freies persönliches Privatvermögen ist.

ADELSAUFHEBUNGSGESETZ

Gesetz vom 3. April 1919 über die Aufhebung des Adels, der weltlichen Ritter- und Damenorden und gewisser Titel und Würden.

Nach § 2 der Vollzugsanweisung gilt für alle österreichischen Staatsbürger als aufgehoben:

1. das Recht zur Führung des Adelszeichens „von"
2. das Recht zur Führung von Prädikaten, zu welchen neben den zugestandenen die Familien unterscheidenden Adelsprädikaten im engeren Sinne auch das Ehrenwort Edler sowie die Prädikate Erlaucht, Durchlaucht und Hoheit gezählt wurden;
3. das Recht zur Führung hergebrachter Wappennamen und adeliger Beinamen
4. das Recht zur Führung der adeligen Standesbezeichnungen, wie z. B. Ritter, Freiherr, Graf und Fürst, dann des Würdetitels Herzog sowie anderer einschlägiger in- und ausländischer Standesbezeichnungen;
5. das Recht zur Führung von Familienwappen, insbesondere auch der fälschlich „bürgerlich" genannten Wappen, sowie das Recht zur Führung gewisser ausländischer, an sich nicht immer mit einem Adelsvorzuge verbundener Titel, wie z. B. Conte, Conta Palatino, Marchese, Marchio Romanus, Comes Romanus, Baro Romanus etc., selbst wenn es nichtadeligen Familien zukam.

SPRACHLICHE HIERARCHIEN BIS 1919

Adel, Aristokratie

1. Das intime „Du“
2. Die etwas distanziertere dritte Person: „Er“, „Sie“: Sei Er so gut … Sag Sie mir bitte, ob …
3. Das formalere „Sie“: Könnten Sie mir bitte sagen, ob …
4. Der für alle Stände verbindliche Pluralis Majestatis: Majestät können versichert sein … Kaiserliche Hoheit brauchen nur ein Wort zu sagen …
5. Gebrauch von fremdsprachigen Idiomen, besonders französischer, aus der Zeit des Absolutismus stammend.

Diener, Dienerinnen

Ihnen war grundsätzlich verboten, ihre Herrschaft direkt anzusprechen, deshalb fehlt jede persönliche Anrede: Wünschen noch etwas Tee … oder: Wünschen Erlaucht (Baronin, Komtesse, Durchlaucht, Kaiserliche Hoheit etc.) noch etwas Tee …

Bürgerliche und ländliche Gesellschaft

Regionale Dialekte, die bei offiziellen Auftritten durch eine deutsche Amts- bzw. Militärsprache ersetzt werden mussten.

Haupt- und Amtssprache war Deutsch, also gab es

ein böhmisches Österreichisch
ein ungarisches Österreichisch
ein italienisches Österreichisch
ein galizisches Österreichisch
ein ruthenisches (ukrainisches) Österreichisch
ein istrianisches Österreichisch
ein jiddisches Österreichisch etc.

Grundsätzlich gilt für alle Stände, dass die österreichische Sprache durch Verkürzungen, Verschleifungen, aus dem Vielvölkerstaat übernommene, „eingewienerte“ Fremdworte durch Jahrhunderte hindurch relativiert und jeglicher Schwere enthoben wurde.

Franz Winter
Orfanelle
Ein Venedig-Roman
braumüller